AF279986

Bibliografische Information der Deutschen Nationalbibliothek:
Die Deutsche Nationalbibliothek verzeichnet diese Publikation
in der Deutschen Nationalbiografie; detaillierte bibliografische
Daten sind im Internet über http://dnb.dnb.de abrufbar.

© 2025 Axel Fischer
Verlag:
BoD · Books on Demand GmbH,
Überseering 33, 22297 Hamburg, bod@bod.de
Druck:
Libri Plureos GmbH, Friedensallee 273,
22763 Hamburg
ISBN: 978-3-7693-1799-2

Ein Roman von Axel Fischer

Alle Rechte vorbehalten

Die Geschichte sowie alle Personen sind frei erfunden.
Jede Ähnlichkeit mit lebenden Personen ist rein zufällig.

Bereits erschienen von Axel Fischer

Ein Neuanfang nach Maß
BoD - Books on Demand GmbH, Norderstedt
ISBN: 978-3-8391-4167-0

Der Schneekrieg
BoD - Books on Demand GmbH, Norderstedt
ISBN: 978-3-8482-2370-1

Späte Rache
BoD - Books on Demand GmbH, Norderstedt
ISBN: 978-3-7386-0720-8

Ihre letzte Chance
BoD - Books on Demand GmbH, Norderstedt
ISBN: 978-3-7322-8256-2

Bleib bei mir
BoD - Books on Demand GmbH, Norderstedt
ISBN: 978-3-7347-3045-0

Augen ohne Gesicht
BoD - Books on Demand GmbH, Norderstedt
ISBN: 978-3-7386-1670-5

Autor im Glück
BoD - Books on Demand GmbH, Norderstedt
ISBN: 978-3-8423-5767-9

Sekundanten des Teufels
BoD - Books on Demand GmbH, Norderstedt
ISBN: 978-3-7412-5406-2

Der Tanten Liebling
BoD - Books on Demand GmbH, Norderstedt
ISBN: 978-3-7448-3310-3

Reina
BoD - Books on Demand GmbH, Norderstedt
ISBN: 978-3-7460-9259-1

Tarnung aufgeflogen
BoD – Books on Demand GmbH, Norderstedt
ISBN: 978-3-7528-3015-6

Adlersterben
BoD – Books on Demand GmbH, Norderstedt
ISBN: 978-3-7519-7755-5

U-Boot-Alarm im Nordatlantik
BoD – Books on Demand GmbH, Norderstedt
ISBN: 978-3-7568-6136-1

Ninas Rache

1

„Hallo, Peter, schön, dass Sie gleich nach Ihrer Rückkehr bei mir vorbeischauen. Ist in Nicaragua alles glattgegangen?"

„Nun, Sir, glattgegangen wäre die falsche Bezeichnung. Es ist alles gut gegangen. Ich konnte verhindern, dass sich das Kartell mit schmutziger Munition eindecken konnte. Das Waffenlager ist durch eine unsichtbare Hand in die Luft geflogen. Den britischen Waffenhändler habe ich gefasst und an die Behörden übergeben."

„Sehr gut gemacht, Peter. Wir haben damit unsere Pflicht als MI6 erfüllt und sind aus dem Schneider. Kaffee, Peter?"

„Ja, gern, Sir."

„Kommt sofort."

„Ich wollte nicht allzu lange bleiben, Sir, weil ich mich unbedingt ausschlafen muss. Die letzten sechsunddreißig Stunden waren verdammt hektisch."

„Tja, mein Lieber, Sie werden auch nicht jünger. Und die Einsätze verlangen Ihnen immer mehr ab."

„Stimmt. Ich werde jedoch das Gefühl nicht los, dass Sie mir etwas erzählen möchten."

Simon Sharp, der Chef des MI6, lächelte seinen Nummer eins Agenten Peter McCord süffisant an.

„Mittlerweile kennen Sie mich wirklich gut, Peter. In der Tat gibt es etwas, dass Sie im Höchstmaß interessieren wird, zumal Ihr nächster Auftrag daraus resultiert."

„Nun, Sir, dann lassen Sie hören."

„Sie erinnern sich an Ihren Auftrag in Thailand vor gut einem halben Jahr?"

„Sehr ungerne, aber ich habe ihn sehr gut im Gedächtnis."

„Dachte ich mir. Tut mir auch sehr leid für Sie und Agentin Nina Brennan."

„Aber Sie wollten mir sicher nicht Ihr Mitleid aussprechen, ist es so?"

„Das mir die Entwicklung sehr nahe gegangen ist, können Sie mir durchaus abnehmen, Peter. Miss Brennan war eine hervorragende Kollegin, mit der Sie im Team nahezu unschlagbar agierten."

„Sir, bitte kommen Sie auf den Punkt. Ich werde das Gefühl nicht los, dass etwas faul ist."

„Leider haben Sie recht, Peter, und es stinkt ganz gewaltig."

„Dann schießen Sie mal los."

„Erinnern Sie sich an den Khan?"

„Ja, sicher. Er ist der Boss des größten Verbrechersyndikats in Thailand. Wahrscheinlich sogar über die Grenzen nach Laos, Vietnam und Kambodscha hinaus. Prostitution, Waffenhandel, Geldwäsche, Menschenhandel, Drogen und Schutzgelderpressung gehören zum Portfolio des Kartells. Der Khan geht äußerst brutal gegen seine Gegner vor. Ich erinnere nur daran, wie er Miss Brennan und einige weitere Gegner irgendwo im Dschungel Thailands kopfüber von den Bäumen herabhängen ließ, bis sie starben."

„Genau diesen Khan meine ich, Peter. Zwar hat Miss Brennan keine Aussagen zu den Foltern gemacht, mit denen man sie traktiert hatte. Doch die beiden fehlenden Zehen und die darüber hinaus abgeschnittenen beiden Finger an der rechten Hand sind Zeichen genug der unglaublichen Brutalität, mit der dieser Mann zur Sache geht."

„Das ist beileibe nicht alles, Sir. Sie wurde hundertfach vergewaltigt, mit irgendwelchen Gegenständen traktiert, die man ihr in ihre Körperöffnung steckte und darüber hinaus auch noch unfruchtbar gemacht. Außerdem entfernte man ihr die Brustwarzen. Die psychischen Folgen sind meiner Meinung nach überhaupt noch nicht absehbar."

„Das sehe ich genauso, Peter, und deshalb sitzen wir hier zusammen. Der Khan hat seinen größten Geschäftspartner in Südafrika ermorden lassen und seinen Firmensitz von Thailand nach Südafrika verlagert. In Thailand wurde ihm wohl auch der Boden zu heiß, nachdem ein Regierungswechsel stattgefunden hat und jetzt Männer an der Macht sind, die sich nicht einfach kaufen lassen. Der Khan hat innerhalb weniger Tage seine Zelte in Thailand abgebrochen und ist mit seiner ganzen Entourage nach Südafrika ausgewandert. Dort hat er die riesige Farm seines ehemaligen Geschäftspartners angegriffen und übernommen. Dessen Ehefrau und deren gemeinsame Kinder sind bei einem Flugzeugabsturz ums Leben gekommen."

„Alle auf einmal?"

„Genau, Peter, alle gleichzeitig."

„Wie praktisch. So erspart man sich Erbschaftsprobleme."

„So war es wohl auch von diesem Khan gedacht. Von Südafrika aus mischt er jetzt aggressiv im Drogengeschäft und im weltweiten Waffenhandel mit. Außerdem sind bereits alle Bordelle in Johannisburg und Umgebung fest in seiner Hand. Es hat eine Menge Tote bei der Übernahme der Etablissements gegeben. Wer nicht für ihn ist, ist gegen ihn und seine Gegner schlachtet er skrupellos ab."

„Nun, Sir, Sie erzählen mir das alles ganz sicher nicht, weil Sie sich an seinen Geschäften beteiligen möchten."

„In der Tat nicht, Peter. Nein, das möchte ich ganz sicher nicht. Aber das, was ich Ihnen jetzt erzähle, dürfte Sie interessieren und wird darüber hinaus wie schon angedeutet, Ihr nächster Auftrag. Können Sie sich noch gut an Ihre ehemalige Kollegin Nina Brennan erinnern?"

„Ja, natürlich, Sir. Sie war eine top ausgebildete Kollegin und absolut zuverlässig. Ich habe sehr viel für sie empfunden, hätte sie sogar zu meiner Frau gemacht. Doch nach dem furchtbaren Einsatz in Thailand und den grausamen Folterungen, die diese Schergen des Khans ihr angetan haben und der Tatsache, dass sie keine Kinder mehr bekommen konnte, wollte sie mich nicht mehr wiedersehen. Mein Gott, das ist jetzt etwa ein knappes halbes Jahr her. Wie schnell, die Zeit vergeht. Aber warum fragen Sie?"

„Wir haben Ihre Spur verloren. Nach ihrer Reha hat sie noch ihren Master als Flugzeugingenieurin abgelegt. Mit ihrer Abfindung und der Invalidenrente hat sie sich abgesetzt. Wir vermuten nach Schottland in ihre alte Heimat, wo sie wohl ein altes Cottage geerbt haben soll."

2

Die junge Frau im dunkelblauen T-Shirt mit der kurzen Laufhose und den Nikes hetzte sich wieder wie jeden Morgen die Steilküste entlang. Der alte Stanwyk, der gerade nach seiner Herde Schafe schaute, schüttelte nur den Kopf. Wie kann man bei so einem Nieselregen nur freiwillig durch die Gegend rennen, ging ihm durch den Kopf. Es war wie jeden Morgen. Und jedes Mal winkte sie ihm kurz lächelnd zu, während sie weiter rannte. Natürlich erwiderte er ihren Gruß. Wohin sie lief, wusste er nicht. Woher sie kam, schon. Sie hatte das gut gepflegte, kleine Landhaus von der alten Hexe Callaghan geerbt, die wohl ihre Tante war. Doch so richtig interessieren tat es den alten Stanwyk nicht. Hier weit weg von jeglicher Zivilisation gingen die Uhren ohnehin anders. Die Höfe lagen kilometerweit auseinander. Man half sich, wenn Hilfe nötig war. Aber wirkliche Kontakte pflegte man nicht.

Nach ihrem Zwanzigkilometer Lauf erreichte sie den menschenleeren Strand. Sie schlüpfte wie jeden Morgen aus ihren Laufschuhen und den Strümpfen, streifte Shorts und Slip herunter sowie T-Shirt und BH ab und rannte völlig nackt in den gurgelnden Atlantik. Stanwyk trieb seine Schafherde wie jeden Morgen den Hügel hinauf und gönnte sich den allmorgendlichen Anblick der hübschen, jungen Frau, die sich ihm völlig nackt präsentierte.

„Schaust du dir schon wieder die kleine Nackte an, Sherman? Du solltest lieber deiner Frau auf die

Brüste schauen. Da gibt es mehr zusehen, du geiler Bock. Die Kleine lässt dich sowieso nicht ran."
Sherman Stanwyk ignorierte das Geschwätz seiner Frau. Das Mädel gefiel ihm halt und ihre Brüste lagen nicht auf der zweiten Bauchfalte auf, wie bei Mary. Doch die Kleine verbarg irgendetwas. Ihr Körper wies eine Menge Narben auf, Spuren von unendlichem Leid, das ihr irgendwann einmal widerfahren sein musste. Doch sie anzusprechen, traute er sich nicht.

Wie ein Fisch schwamm sie los und der winzigen, unbewohnten Insel in etwa zehn Kilometern Entfernung entgegen. Immer wieder wechselte sie die Art zu schwimmen. Sie startete mit kräftigem Kraul, um rasch voranzukommen. Zur Entspannung drehte sie sich um und schwamm auf dem Rücken. Das letzte Stück zurück bis zur Insel bewegte sie sich gern wie ein Delphin. Häufig auch wie eine klassische Brustschwimmerin. Wenn sie den Strand der kleinen Insel betrat, schüttelte sie zuerst ihre Beine und Arme aus, um einem Krampf vorzubeugen. In den ersten Wochen ihres Aufenthaltes hier schluckte sie gewaltige Mengen an hochdosiertem Magnesium, damit sie nicht ständig von Wadenkrämpfen geplagt wurde. Außerdem stellte sie ihre Ernährung entsprechend ein. Heute machten ihr die Strapazen längst nichts mehr aus. Ob Regen, Schnee oder Sonnenschein sie spulte ihr Programm ab und stählte auf diesem Weg ihren Körper. Auf der Insel floss ein winziges Süßwasserrinnsal, dass nur mäßig nach Meersalz schmeckte, aber dem ausgelaugten Körper alles bot, wonach er sich sehnte. Wie eine Raubkatze schlich sie sich, auf allen vieren an das plätschernde Nass heran und schleckte so viel Wasser wie eben möglich in sich hinein. Wenig später ging es dann in Rekordzeit zurück zum Strand. Ohne Scham entstieg sie splitternackt dem Atlantik. Mit ihrem ohnehin schweißnassen T-Shirt wischte sie durch ihr Gesicht, um es sich dann wieder anzuziehen. Der alte Stanwyk winkte ihr kurz zu, bevor er glücklich seine Herde zurück auf die große Wiese vor seinem Haus trieb.

Eineinhalbstunden später warf sich Nina in den gemütlichen Schaukelstuhl, der verwaist auf ihrer Terrasse sanft von der Meeresbrise bewegt, hin und her schaukelte. Sie trug kein einziges Kleidungsstück mehr am Körper, dass nicht vollständig von Schweiß und Meerwasser durchnässt war. Als sie wieder zu Atem gelangt war, verschwand sie im Bad. Sie hatte im Haus selbst bis auf das Bad und einige Möbel alles so belassen, wie sie es von Tante Sophie geerbt hatte. Nina hatte alle Räume renoviert. Das Bad baute sie sich zum Luxustempel um. Den angrenzenden Schafstall entkernte sie und teilte den großen Raum in drei gleich große Räume auf. In einem Gebäudeteil errichtete sie einen Schießstand. Der zweite Raum wurde zum Fitnessraum mit Sauna und Whirlpool umgebaut und im dritten richtete sie sich eine Feinwerkstatt ein, die es locker mit jedem professionellen Handwerksbetrieb aufnehmen konnte. Nach der Körperpflege machte sie sich landfein. Sie holte ihre Enduro aus der Garage und fuhr zu ihrer besten Freundin Kate, die acht Kilometer von ihrem Heim entfernt mit sechs großen Hunden und ihren beiden Jungs lebte. Kate arbeitete als Lehrerin. Sie unterrichtete Sport und Mathematik an der einzigen weiterführenden Schule in der Umgebung. Kate war Kampfsportfan. Mindestens zwei Mal die Woche trafen sich die beiden Frauen, um ausgiebig zu trainieren. Eine Mischung aus Judo, Krav Maga, wie auch Jiu-Jitsu diente ihnen zur Anleitung. Häufig erhielten sie auch Unterricht von Sybel, einer ehemaligen schottischen Kampf-sportmeisterin. Die drei Frauen waren ein großartiges Team. Alle drei teilten ein ähnliches Schicksal. Jede von ihnen hatte furchtbare Gewalt gegen den eigenen Körper ertragen müssen, allerdings nicht annähernd so brutal wie Nina. Ihr Motto lautete: Alles, was uns nicht umbringt, macht uns nur härter. Heute jedoch trainierte sie nur mit Kate allein. Hinterher gab es selbst gebackenen Kuchen und frisch aufgebrühten aromatischen Kaffee.

„Was hast du eigentlich noch vor, Nina? Du willst doch sicher nicht dein ganzes Leben hier in dieser Einöde verbringen."

Nina war mit Abstand die Jüngste des Triumvirats und so war Kates Frage nicht unberechtigt.

„Ich habe in meinem Leben noch etwas sehr Wichtiges zu erledigen. Wenn ich das hinter mir habe und am Leben bleibe, dann mache ich mir Gedanken über meine Zukunft."

„Du hörst dich sehr geheimnisvoll an. Also raus mit der Sprache, was hast du vor, Nina?"

„Ich werde einen Menschen töten."

Kate erschrak ob Ninas empathieloser Aussage. Sie kannte ihre Freundin jetzt schon eine ganze Weile und wusste, dass sie keine Märchen verbreitete.

„Jetzt schau mich nicht so entgeistert an. Wenn der Typ tot ist, wird mich deshalb niemand zur Verantwortung ziehen. Ich muss diese Exekution halt nur selbst überleben."

„Mein Gott, Nina, wer ist denn der Mann, den du hinrichten willst?"

„Es ist der Mann, der mein ganzes Leben zerstört hat. Er hat mich durch seine Schergen gedemütigt, vergewaltigt, verstümmelt und gefoltert und mir meine Zukunft als Frau an der Seite meiner großen Liebe zerstört. Wir haben uns Kinder gewünscht und ein Leben auf dem Land hier in Schottland in schöner

Umgebung. Zwar wollte mich mein Traummann auch nach der Tortur immer noch heiraten, aber ich wollte es nicht. Und für all das muss der Khan büßen, dieses Schwein. "

„Ein merkwürdiger Name. Wo lebt er jetzt?"

„Er hat bis vor wenigen Monaten halb Asien beherrscht. Ob in Vietnam, Laos, Kambodscha oder Thailand, in allen schmutzigen Geschäften hatte er seine Finger im Spiel. Prostitution, Menschen- und Organhandel, Schutzgelderpressung, Waffen- und Drogenhandel. Es gibt eigentlich keine Straftat, die dieser Mann nicht begangen hat. Er hat auch meine Mutter töten lassen."

„Und wie willst du den ganz allein zur Strecke bringen?"

„Daran arbeite ich noch. Ich habe herausbekommen, wohin sich dieses Schwein abgesetzt hat, als es ihm in Thailand zu heiß wurde. Ich werde wie eine Spinne sein, mein Netz unsichtbar verteilen und im entscheidenden Moment zuschlagen."

„Aber, Nina, du alleine gegen ein Imperium? Wie soll das denn gehen?"

„Ich bin dafür ausgebildet Gegner aufzuspüren, zu enttarnen und auszuschalten. Der Khan wird schon sehr bald merken, dass ich ihm auf den Fersen bin. Er wird den kalten Hauch des Todes im Nacken spüren und dann hat er bereits sein Leben verwirkt. "

„Ich merke schon, Nina, du willst nicht mehr an Infos preisgeben. Ist aber auch nicht weiter tragisch. Du bist alt genug, um zu wissen, was du tust."

3

„Ja und nein, Peter. Eine wirkliche Anschrift des Cottage existiert nicht. Ihre Post holt sie in Scourie in einem Lebensmittelgeschäft mit angrenzendem Postladen ab. Das Postfach ist namenlos und nur mit einer Nummer versehen."

„Das liegt irgendwo im hohen Norden weit ab jeglicher Zivilisation. Dort gibt es ein paar Schafsfarmen mit angeschlossenen Weber- und Käsereien."

„Dann schauen Sie mal, ob Sie Ihre Exkollegin dort aufspüren."

„Woher wissen Sie das eigentlich alles über sie, Chief?"

„Sie hat sich über das Darknet einige Dinge bestellt, die man nicht unbedingt braucht, wenn man nicht gerade in den Krieg ziehen möchte. Außerdem hat sie sich alles über Südafrika und Kapstadt an Informationen besorgt, was es zu finden gab."

„Aber wie will sie denn unbemerkt dorthin gelangen?"

„Dafür habe ich einen gut bezahlten Topagenten, der uns über alles aufklären wird. Waren Sie überhaupt schon einmal in Ihrer eigenen Heimat tätig, Peter?"

„Ehrlich gesagt nicht Sir. Es ist dem MI6 auch nicht erlaubt, im eigenen Land tätig zu werden. Zuständig ist dafür Scotland Yard."

„Tja, Peter, es gibt immer ein erstes Mal und Vorschriften muss man auch mal umgehen, wenn es dem eigenen Land dient. Sie sind halt auf Urlaub zu Hause. Schauen Sie, dass Sie Miss Brennan aufspüren und von Ihren Mordplänen abbringen. Wird sie in Kapstadt bei irgendeiner Schweinerei, in die sie verwickelt ist, von den Behörden gefasst, fällt alles auf uns zurück. Wenn es nicht anders geht, müssen Sie Miss Brennan ausschalten, Peter."

„Das ist jetzt nicht Ihr Ernst, Sir?"

„Doch, Peter, leider schon. Für Dritte wird der Einsatz von Miss Brennan aussehen, als hätte der MI6 einen Killer ausgesandt den Khan umzubringen. Es sei denn, wir erhalten einen offiziellen Auftrag dazu. Das kläre ich noch, Peter. Viel Glück und grüßen Sie mir Miss Brennan."

Peter McCord fuhr nach Hause, um ein paar Sachen zusammenzupacken. In seiner mondänen Wohnung direkt an der Themse, wo in grauer Vorzeit die Speicherstadt Londons lag, Schiffe be- und entladen wurden und eine Menge Kleinkriminelle und Schmuggler ihr Unwesen trieben und eine Vielzahl älterer Huren ihrem Gewerbe nachgingen, entstand vor wenigen Jahren einer der nobelsten Stadtteile Londons. Peters Vater hatte ihm diese Wohnung als Kapitalanlage gekauft und geschenkt. Seine Eltern gehören dem schottischen Hochadel an und waren sehr wohlhabend, was man ihnen jedoch überhaupt nicht anmerkte. Sie verzichteten auf die Anrede mit ihrem Titel und protzten nicht mit ihrem Geld. Eher das Gegenteil war der Fall. Alle Mitarbeiter wurden gut bezahlt und durften mit ihren Familien kostenlos in gutseigenen, geräumigen Wohnungen auf McCords Manor wohnen. Herr über alle Mitarbeiter, Gerätschaften und das Vieh war Angus, ein zwei Meter-Mann, muskelbepackt und eine Seele von Mensch, der wie seine ganze Familie aus den Highlands stammte. Peter freute sich schon, Angus wiederzusehen. Sie hatten während Peters Jugendzeit und auch später zusammen eine Menge Unsinn angestellt. Angus Familie arbeitete schon in fünfter Generation für die McCords.

Peter rief am Flughafen Stansted an, um sich zu erkundigen, ob ein Flugzeug zur Überführung nach Edinburgh zur Verfügung stand, dass er kostenlos übernehmen konnte. Die Nutzungspauschale war sehr gering und er gelangte so auf direktem Weg nach Hause. Da er sämtliche Fluglizenzen besaß, war der Maschinentyp Nebensache. Peter hatte Glück. Eine fabrikneue Cessna 421 sollte von Stansted aus nach Edinburgh überführt werden. Die Maschine hatte eine kleine Inlandsfluggesellschaft gekauft und wartete auf die Auslieferung. Zwei Stunden später saß Peter im Cockpit der zweimotorigen Turboprop Maschine. Nach einer kurzen Einweisung wartete Peter nun auf sein Clearing für den Start. Er musste noch einige Passagiermaschinen an sich vorbeiziehen lassen, bis er endlich an der Reihe war. Dann jedoch erhielt er die ersehnte Startfreigabe. Sonor brummend nahmen die beiden Motoren Drehzahl auf und beförderten die Cessna schnurstracks in den Himmel.

Gute sieben Stunden Flug lagen nun vor ihm. Da die Maschine jedoch mit den neuesten Errungenschaften der Flugzeugtechnik ausgerüstet war, schaltete Peter den Autopiloten ein und trank einen Kaffee aus der Thermoskanne. Am frühen Abend setzte er die Cessna gefühlvoll auf der Landebahn des Flughafens Edinburgh auf. Er wurde zuerst herzlich von einer Mitarbeiterin der Fluggesellschaft begrüßt, die wissen wollte, ob mit dem Flieger alles in bester Ordnung sei. Peter konnte dies bestätigen und händigte alles aus, was er für die Überführung an Papieren mitgebracht hatte. Wenig später betrat er mit seiner Reisetasche in der Hand schwenkend den Ankunftsbereich. Dank der gewaltigen Körpergröße des Verwalters seines Vaters war dieser nicht zu übersehen. Angus zeigte eine Menge weißer Zähne, als er Peter erblickte.

„Hallo, altes Haus, endlich mal wieder zu Hause. Wir vermissen dich alle sehr, Peter. Wie geht es dir?"

„Angus, alte Nase. Gut geht es mir. Du lebst ja auch noch. Man ist das schön, dich wiederzusehen."

Peter liebte die Herzlichkeit seines besten Freundes. Doch wenn Angus ihm herzlich und liebevoll auf die Schulter klopfte, war nicht auszuschließen, dass er sich dabei die Schulter auskugelte. Lachend und erzählend schlenderten die beiden Freunde dem schweren Range Rover SUV entgegen. Pünktlich zum Abendessen schloss Peter seine Eltern in die Arme. Vorspeise und Hauptgericht waren schon von bester Qualität. Doch Mutters selbst zubereiteter Schokoladenpudding war die Krönung des Menüs. Da ließ die Hausherrin auch nicht ihre gute Seele in der Küche dran, die schon seit vielen Jahren für die McCords kochte.

Nach dem Essen zogen sich Peter und sein Vater in die Bibliothek zurück. Dort wurden die neuesten, sehr lange herangereiften, Whiskysorten verkostet, die je Flasche ein Vermögen kosteten.

„Du bist aber ganz sicher nicht zur Erholung hier, Sohnemann, oder?"

„Eigentlich schon und doch wieder nicht."

„Ich sehe schon, du darfst mal wieder nichts dazu sagen."

„Du kennst doch meinen Job, Dad."

„Ja, natürlich. Aber ihr dürft doch eigentlich gar nicht auf der Insel tätig werden."

„Stimmt, Dad. Deshalb bin ich ja auch hier bei euch."

„Etwas Unangenehmes?"

„Leider ja, Dad. Wenn alles vorüber ist, erzähl ich es dir."

„Du wirkst bedrückt, Peter. Was ist los?"

„Ich muss gegen eine ehemalige Kollegin ermitteln, die ich gern zur Frau genommen hätte. Wir haben uns sehr geliebt und ich tue es immer noch."

„Wie bitte?"

Dann erzählte Peter von Nina und ein wenig über den abgeschlossenen Fall. Doch worum es letztlich ging, darüber schwieg er sich natürlich aus.

„Soll ich dir sagen, was ich vermute, Peter? Deine Nina ist auf dem Trip, Rache nehmen zu wollen und damit der MI6 aus dem Schlamassel heraus bleibt, sollst du sie daran hindern."

„Ja, so ist es wohl, Dad."

„Das ist eine verdammte Sauerei, die man dir da aufgedrückt hat."

„Ich bekomme immer nur die Sauereien zu erledigen, Dad."

„Wirst du damit klarkommen? Vor allem wenn es hart auf hart kommt?"

„Es ist mein Job, Dad."

Eine ganze Zeit lang saßen sich Vater und Sohn schweigend gegenüber, bis sie nach einigen Gläsern bestem Whisky die nötige Bettschwere besaßen und ihre nächtlichen Ruhestätten aufsuchten.

4

Nina fuhr gemächlich mit ihrem alten Land Rover zurück nach Hause. Es war ein schöner Nachmittag gewesen. Doch um sich jetzt auf die faule Haut zu legen, wenn auch das schöne Wetter dazu einlud, kam für sie nicht in Frage. Sie musste weiter an ihrer Handschuhkonstruktion arbeiten. Die Schergen des Khans hatten ihr neben den beiden kleinen Zehen auch den Zeige- sowie den Mittelfinger an der rechten Hand abgetrennt. Doch gerade die Finger musste sie ersetzen, um mit der rechten Hand problemlos eine Waffe bedienen zu können. Da sich die im Endstadium befindliche Handschuh-konstruktion schon hervorragend bewährt hatte, galt es nun noch dem Handschuh den letzten Schliff zu verpassen. Die bestellte Ausrüstung an Waffen und Munition nebst Sprengmitteln war bereits eingetroffen. Es lag jetzt nur noch an ihr selbst, den

Zeitpunkt zum Angriff auf den Khan zu bestimmen. Er wähnte sich bestimmt in Sicherheit. Doch der Tag der Abrechnung rückte unaufhaltsam näher.

Sie stellte ihren alten Geländewagen im Schuppen rechts neben dem Haus, der ihr als Garage diente, ab. Schwungvoll warf sie die Türe zu. Aus der Küche holte sie sich eine eiskalte Flasche Cola aus dem Kühlschrank, die sie mit in die Werkstatt nahm. Dort öffnete sie ihren Safe und entnahm diesem ein Meisterwerk britischer Ingenieurskunst. Das Grundgerüst des Handschuhs bestand aus einem schwarzen, fingerlosen Lederhandschuh, wie er von Fahrradsportlern und Kameraleuten getragen wurde. Nina hatte den Mittel- und Zeigefinger ihrer linken Hand in den PC eingescannt und mit einer Fotosoftware auf rechts umgearbeitet. So gewährleistete sie, dass ihre Hände später identisch zueinander passten. Über einen 3D-Drucker fertigte sie die beiden fehlenden Finger aus Titan an. Nina hatte Glück im Unglück gehabt. Die Folterknechte des Khans trennten die Finger gleich vor dem zweiten Fingerglied, von der Fingerspitze ausgehend, ab. Da die nach Wochen zugeheilten Wunden wie kleine Zigarrenstumpen aussahen, vereinbarte Nina mit dem plastischen Chirurgen, die Enden der Fingerstumpen im Verlauf der OP ein wenig spitz zulaufen zu lassen. Der behandelnde Arzt empfand diese Maßnahme als Modegag, tat aber wie ihm aufgetragen. Dass Nina sich bereits im Vorfeld Gedanken gemacht hatte, wie sie ihre fehlenden Fingergelenke wieder zum Leben erwecken konnte, ahnte der Chirurg natürlich nicht.

Nachdem sie ihre beiden Titanfinger in stundenlanger Kleinarbeit passend modelliert hatte, höhlte sie mittels einer computergesteuerten Fräse den hinteren Teil der Fingermodelle komplett aus. Wieder war Feinarbeit angesagt. Jetzt hieß es, die beiden Finger an die Stümpfe anzupassen. Dabei beschädigte Nina den Mittelfinger so stark, dass sie das ganz Procedere der Herstellung wiederholen musste. Doch Nina war zäh und von ihrem Vorhaben nicht mehr abzubringen. Als die beiden Fingerprothesen absolut passten, ließ Nina den nächsten Schritt folgen. Sie trennte die vorderen Fingerglieder in der Mitte durch. Wieder höhlte sie die Enden aus. Sie bereitete die winzigen Höhlen so auf, dass diese problemlos die Miniaturgelenke aufnehmen konnten, die sie der Feinmechanik aus dem Roboterbau entnommen hatte. Als alles zusammengebaut war, passte und funktionierte, trainierte sie wochenlang, die beiden Finger über die Muskeln und Sehnen des Handgelenks funktionsfähig zu machen. Sie schaffte es, ihren Zeigefinger so beweglich zu gestalten, dass sie ohne Schwierigkeiten eine Schusswaffe abdrücken konnte. Sie wusste, dass sie in einem Western ganz sicher kein Duell gewinnen würde. Dies war aber auch nicht die Feder, die sie antrieb. Schießen mit einer Faustfeuerwaffe oder einem Schnellfeuergewehr war nun wieder äußerst präzise möglich und genau darauf kam es ihr an. Nach ihrer Ingenieur-meisterleistung verbrachte sie viele Stunden auf ihrem Schießstand. Sie übte mit Pistolentypen verschiedener Hersteller, bis ihr der Vorgang des Abdrückens über eine Bewegung aus dem Handgelenk im wahrsten Sinne des Wortes in Fleisch und Blut übergegangen war. Was nun noch folgte, waren Übungen, die Waffen schnell aus verschiedenen Holstern herauszuziehen. Da sie ihre Titanfinger fleischfarben lackiert hatte, trug sie ihren Handschuh immer häufiger, was natürlich dazu führte, dass sie immer geschickter im Umgang mit ihrer Hand wurde.

Peter wachte mit einem dicken Kopf auf. Sicher war das letzte Gläschen am gestrigen Abend noch nicht durchgebrannt gewesen. Sein Dad und Angus, die gerade im Hof zehn neue Pferde begutachteten, lachten ihn aus, als sie in sein eher gequältes Gesicht sahen.

„Ist dir etwa ein Gläschen nicht bekommen oder bist du aus der Übung, Peter?"
„Wieso, mir geht es doch prima."
„Bist halt ein wenig blass um die Nase, mein Sohn. Angus holt dir einen Sattel, dann kannst du mit uns die Pferde testen."
„Zu gütig, Dad. Ich geh mal in die Küche."

Er hörte, wie Angus und sein Vater laut hinter ihm lachten. Peter lief zum Eingang der großen Küche, die auch einen Zugang zum Hof besaß und platzte dort in einen Vortrag seiner Mutter und der Köchin, die gerade acht jungen, weiblichen Auszubildenden die Kunst des Gemüseschneidens und das Zubereiten von leckeren Gemüsesuppen lehrten. Die Mädchen, alle im heiratsfähigen Alter, fielen beinahe in Ohnmacht, als sie Peter hereinstürmen sahen. Aber auch Misses Brighton, die gute Fee in der Küche, freute sich, den jungen Herrn einmal wieder zu Gesicht zu bekommen. Peter war natürlich nicht entgangen, dass bei den Damen heimlich einige Blusenknöpfe mehr geöffnet wurden.
Für die jungen Mädchen aus gutem Hause war es ungemein schwer, hier in den eher einsamen Gefilden der Highlands einen gut situierten und auch noch ansprechend aussehenden Mann zu finden. So nutzte man jede Chance. Peters Mutter kannte dieses Problem und schmunzelte nur, als sie sah,

dass der zu ihrem Leidwesen immer noch nicht verheirateter Sohn Hahn im Korb war.

„Verdreh unseren Mädchen nicht den Kopf, Peter. Wir sind mitten in der Ausbildung."

„Kopf verdrehen gehört aber sicher auch dazu, Mum. Das ist die Lehre des Lebens."

„Oh, mein Sohn wird zum Philosophen. Hört erst gar nicht hin, Mädels. Peter ist sowieso nur unterwegs und hat keine Zeit für eine liebe Frau."

„Nicht einmal für eine böse, Mama."

Die Mädchen kicherten, während Peter sich einen Kaffee in der Kapselmaschine aufbrühte.

„Wer macht mir denn ein Frühstücksbrötchen mit Erdbeermarmelade? Ich prüfe hinterher die Qualität und benote sie."

„Hier ist ein Messer, ein Brötchen, Butter und Marmelade, Sohnemann. Das schaffst du sicher auch allein."

„Da sollen die Mädels etwas lernen, wenn ihnen alle lebenswichtigen Arbeiten abgenommen werden. Mit einem Marmeladenbrötchen verwöhnt man jeden Mann."

Peters Mutter warf ihm ein Handtuch an den Kopf, während alle in lautes Gelächter ausbrachen. Peter griff sich sein selbst geschmiertes Brötchen und den Kaffee und verließ, lachend die Küche. Er setzte sich vor der Türe auf die kleine Bank und frühstückte. Wenig später brachte er sein Brettchen und den Becher in die Küche zurück. Anschließend machte er sich auf die Suche nach Angus, den er im Stall mit seinem Vater fand.

„Na, geht es dir besser, Peter?"

„Jooh, danke der Nachfrage. Sag mal, Angus, ich brauche einen von unseren älteren Geländewagen. Hast du einen für mich, der auch noch etwas aushält?"

„Ja klar, die Nummer acht ist gerade aus der Inspektion gekommen frisch durch den TÜV. Er hat so um die siebzigtausend Kilometer auf dem Buckel. Für einen Diesel ist das nichts. Den kannst du haben. Wohin willst du fahren?"

„Nach Scourie."

„Wohin? Nach Scourie? Das ist ganz oben an der Atlantikküste. Was willst du denn da?"

Peter legte sofort den rechten Zeigefinger senkrecht gegen seine Lippen. Angus wusste gleich Bescheid, dass er jetzt keine weiteren Informationen mehr erhielt.

„Ok, der Wagen steht in der Fahrzeughalle. Schlüssel steckt."

„Ich nehme ein paar Kanister Diesel mit. Geht das?"

„Ja, klar. Du weißt ja, wo du alles findest."

Peter nickte und verschwand umgehend. Er fand den Land Rover auf Anhieb. Vier Kanister füllte er sich an der Haustankstelle voll und lud sie in den SUV. Danach verschwand er in seinem Zimmer. Er nahm aus seinem Schrank ein paar T-Shirts, Unterhosen, Socken und Waschzeug heraus und verteilte alles auf seinem Bett. Seine 9mm SIG Sauer sowie mehrere Ersatzmagazine und Munition legte er daneben, als es an der Türe klopfte.

„Herein.“

Ein junges, sehr hübsches Mädchen aus dem Kreis der Auszubildenden stand, bewaffnet mit einem Eimer, Reinigungsmittel, Schrubber und Lappen bewaffnet, im Türrahmen.

„Ich bin die Sophie. Die Mama schickt mich. Ich soll bei Ihnen saubermachen, Mylord.“

Das Mädchen machte einen angedeuteten Hofknicks.

„Hallo, Sophie, komm rein und vergiss bitte den Mylord. Ich heiße Peter und einen Hofknicks brauchst du bei mir auch nicht machen. Verdrehst dir nachher nur noch das Kreuz. Du kannst sofort loslegen. Ich bin hier gleich fertig.“

Während sich Sophie im Bad zu schaffen machte, zog Peter sich im Schlafzimmer bis auf die Unterhose aus. Er hatte sich eine Jagdkombination herausgesucht. Gerade als er das Hemd anziehen wollte, stand Sophie hinter ihm.

„Ein schicker Anblick. Gehst du auf Jagd, Peter? Nimmst du mich mit?"

„Ja, ich gehe auf Jagd. Das ist aber nichts für junge Mädchen."

„Du könntest auch mich jagen. Das ist schon eher etwas für junge Mädchen."

Sophie lehnte sich lasziv grinsend gegen den Türrahmen und schaute ihm beim Anziehen zu.

Peter musste lachen.

„Tut mir leid, Mädel, ich muss während der Jagd auch arbeiten. Vielleicht ein anderes Mal."

„Ich werde auf dich warten, Peter."

„Tu das nicht, Sophie. Ich weiß nie, ob ich lebend von der Jagd zurückkehre."

Etwas irritiert begab sich das junge Mädchen wieder ins Bad.

5

Peter verabschiedete sich kurz von seiner Familie und seinem Freund Angus. Er packte seinen Rucksack ins Gepäckabteil des SUV und fuhr los. Während er McCords Manor verließ, ging er im Kopf rasch durch, ob er alles eingepackt hatte, was er für diesen Einsatz benötigte. Da er offensichtlich nichts vergessen hatte, gab er Gas. Er fühlte sich gut und war bereit für die Durchführung seines Auftrages. Doch je näher er dem Ort Scourie kam, desto mehr begann es in seinem Kopf zu arbeiten. Er liebte Nina eigentlich nach wie vor, auch wenn sie keine Kinder mehr bekommen konnte, war sie doch immer noch die Frau, die er sehr gern geheiratet hätte. Was erwartete ihn jetzt wohl in Scourie? Würde er sie ohne Anwendung von Gewalt dazu bewegen können, ihren Rachefeldzug zu beenden?

„Vielleicht kommt sie doch noch zu mir zurück", sprach er leise vor sich hin.

Knapp dreihundert Kilometer lagen vor ihm, die er jetzt unter die allradgetriebenen Räder nahm. Kurz vor Mittag sah er zum ersten Mal ein sehr heruntergekommenes Schild, dass ihm den Weg nach Scourie wies. Zufrieden lenkte er den Land Rover nach links und folgte dem Verlauf der Straße. Weil ihn der Hunger plagte, hielt er an einem Gasthof am Straßenrand an und betrat den gemütlichen Speiseraum. Er wählte das Tagesgericht: Lamm-braten in Pfefferminzsauce mit Klößen und Rotkohl. Obwohl er Pfefferminzsauce nicht sonderlich schätzte, schmeckte ihm das Menü ausgesprochen gut, auch wenn er sich niemals an Minzsauce würde gewöhnen können. Nach dem Hauptgericht bestellte Peter einen Kaffee. Beim Ausgleichen der Rechnung fragte er die junge Bedienung:

„Ich muss nach Scourie. Ist es noch weit bis dorthin?"

„Nein. Etwa vierzig Kilometer immer dem Verlauf der Straße an der Küste entlang. Dann können Sie Scourie nicht verfehlen. Ist ein völlig totes Kaff."

„Ja, ich hörte schon davon. Danke für Ihre Beschreibung."

Peter legte zusätzlich zum Rechnungsbetrag noch ein ordentliches Trinkgeld auf den kleinen weißen Teller und verließ den Gasthof.

Der kräftige Diesel des Land Rovers hatte mit den Steigungen auf der Küstenstraße keine wirklichen Probleme. Bereits eine gute Stunde später ließ Peter den SUV im eher beschaulichen Ortskern von Scourie ausrollen. Laut seinen Informationen lebten hier gerade mal circa 50 Menschen und das sehr weit auseinander verteilt. Ein kleiner Tante- Emma-Laden mit angeschlossenem Postamt und Ausschank von alkoholischen Getränken sowie ein Gemischtwaren-geschäft bildeten die Shopping-Mole von Scourie. Aus eigener Erfahrung wusste er genau, dass in so kleinen Ortschaften die besten Informationen in der ortsansässigen Kneipe zu erhalten waren. Mit diesem Wissen schlenderte Peter in den einfachen Ausschank und setzte sich dort an die kleine Theke.

„Kann ich bitte ein Wasser bekommen?"

Eine ältere, nicht unattraktive Frau näherte sich aus dem Anbau und trat hinter die Theke.

„Wenn Sie angeln gehen wollen, müssen Sie sich Ihre Ausrüstung im Krempelladen nebenan ausleihen. Wasser gibt es hier keins. Nur im Atlantik und das ist salzig, junger Mann."

Peter musste lachen und bestellte ein kleines Bier vom Fass.

„Bitte schön, geht doch. Was treibt einen gutaussehenden, jungen Mann in diese gottverlassene Gegend?"

„Ich suche meine Freundin."

„Also wenn sie Ihnen abgehauen und hierher geflohen ist, dann möchte sie Sie niemals wiedersehen. Lassen Sie das Mädel einfach in Ruhe. Wie heißt Sie denn?"

„Nina Brennan."

„Sagt mir nicht wirklich etwas. Wie sieht sie aus?"

„Blond, kurze Haare, zierlich, sehr sportlich und ihr fehlen an der rechten Hand zwei Finger, ein Unfall, Sie verstehen. Sie besitzt hier ein Postfach."

„Mag sein, deshalb muss ich sie aber nicht kennen. Tut mir leid, junger Mann, aber wie es scheint, hält sie sich in irgendeinem der Cottages versteckt und wartet bis Sie sie vergessen haben. Ich habe zwei Töchter in heiratsfähigem Alter, die zu Ihnen passen könnten. Soll ich sie einmal herrufen?"

„Das ist sehr lieb von Ihnen, Madam, aber ich möchte zurück zu meiner Freundin."

„Was für ein Glückskind, ihre Kleine. Fragen Sie sich einfach mal hier durch die Häuser. Sind ja nicht sehr viele. Halt nur verdammt weit verstreut. Sie sprechen ausgezeichnet Gälisch. Stammen Sie aus der Gegend?"

„Ja, aus den Highlands."

„Wow, da kommen noch richtige Kerle her. Also wenn Ihre Kleine Sie rauswirft: Ich habe auch zwei Zimmer zu vermieten und wie schon gesagt: Zwei hübsche Töchter."

„Na, wenn die beiden optisch auf die Mama kommen, müssen es wahre Schönheiten sein."

„Sie haben es wirklich voll drauf, junger Mann. Nicht das ich mich noch in Sie verliebe."

„Ich werde dann mal besser wieder los und nach meiner Freundin suchen. Vielleicht nehme ich ja Ihr Angebot für eine Übernachtung in Ihrem Hause wahr."

„Ja, gern mach er das. Ich heiße Aimee."

„Peter, angenehm."

„Ja dann, Peter, bis vielleicht heute Abend."

„Warten wir es ab."

Dass es in diesem Landstrich nicht einfach sein würde, von den hier ansässigen Menschen eine Auskunft zu erhalten, war Peter vollkommen klar. Hinzu kamen die großen Distanzen zwischen den Gehöften. Vermutlich kannten sich die jüngeren

Einwohner hier nicht einmal alle. Außerdem gab es kein Häuserverzeichnis der Gegend. Peter musste auf gut Glück dem Verlauf der kleinen Feldwege folgen und schauen, ob sich am Ende des Weges vielleicht ein kleiner Hof befand, der bewohnt war. Peter war nicht der Typ, der sich rasch entmutigen ließ. Schließlich gab es in seinem Job häufig Situationen, die eine gewisse Langmut und Hartnäckigkeit erforderte. Doch war es diesmal anders. Er jagte keinen gegnerischen Agenten oder einen Waffenhändler. Er musste seine große Liebe aufspüren und gegebenenfalls ausschalten. So mutierte seine Suche eher zur Qual. Jede seine Bewegungen wurde von einer lähmenden Lethargie begleitet, bis er die Schotterpiste zum Meer entlang rollte und in der Ferne ein scheinbar gut erhaltenes Bauernhaus erblickte. Er fuhr links ran und zog sein Fernglas aus dem Rucksack.

Ein für diese Gegend gut gepflegtes, wenn auch einfaches Gebäude präsentierte sich ihm. Es schien einstmals einer Fischerfamilie gehört zu haben. Peter konnte noch zwei kleine, verfallene Fischerhütten erkennen, in denen zumeist Netze und sonstiges Zubehör für den Fischfang aufbewahrt wurden. Doch ob das Haus bewohnt war, konnte er nicht ermitteln. Rechts neben dem Eingang befand sich ein Schuppen. Peter bemerkte Reifenspuren, die offensichtlich zu einem Fahrzeug gehörten, dass dort verborgen abgestellt stand. Die Spuren jedenfalls schienen aus der Ferne gesehen, frisch zu sein. Er beschloss, das Haus aufzusuchen und dort nach Nina zu fragen, wenn sie nicht sogar selbst dort wohnte. Gemächlich ließ er seinen Land Rover im ersten Gang den Schotterweg hinunterrollen. Er parkte den SUV mit dem Heck zum Haus und stieg aus. Ohne Hast schlenderte er dem Eingang entgegen. Eher verhalten zog er an der Glockenkette. Er vernahm Schritte. Dann öffnete sich die Türe und vor ihm stand Nina. Er wollte schon seine Arme öffnen, um sie liebevoll an sich zu drücken, als er ihre Stimme vernahm.

„Was willst du hier, Peter?"

„Hallo, Nina, ich wollte sehen, wie es dir geht?"

„Im Auftrag des MI6 vermutlich. Ihr könnt mich nicht aufhalten, Peter, und auch du nicht. Ich werde den Khan stellen und töten. Er hat mein Leben zerstört. Jetzt werde ich das Gleiche mit seinem Leben tun und so viele seiner Vasallen wie möglich in die ewigen Jagdgründe schicken."

„Nina, bitte, wir können doch zusammenbleiben. McCords Manor liegt knapp dreihundert Kilometer von hier entfernt. Wir fangen ganz von vorn an. Meine Familie freut sich schon, dich kennen-zulernen. Ich habe ihnen viel von dir erzählt und komme gerade von dort."

„Du hast ihnen von einer Nina berichtet, die es nicht mehr gibt. Einer Topagentin, mit der du gemeinsam Kinder haben und mit der du dir eine Zukunft aufbauen wolltest. Das alles ist Geschichte. Geblieben ist eine Nina, die nur noch von der Sehnsucht getrieben wird, den Khan tot vor sich im Staub liegen zu sehen. Fahr nach Haus, Peter, und erzähl deiner Familie, dass deine Nina tot ist und nicht mehr wiederkommt."

Nina wollte schon die Türe zuschlagen, doch Peter stellte seinen Fuß in den Türspalt.

„Was soll das, Peter? Du wirst mich nicht an meinem Vorhaben hindern. Selbst wenn ich dich dafür töten müsste."

„Bist du jetzt völlig verrückt geworden, Nina? Ich liebe dich und möchte dich davon abhalten, dich mit diesem Khan anzulegen. Wenn er dich erwischt, wirst du ungeheure Schmerzen erleiden müssen."

„Er wird mich nicht erwischen und schlimmer als die Schmerzen, die ich bereits ertragen musste, kann es nicht werden. Der Khan wird sterben, Peter. Dieser Mann hat alles zerstört, was mir lieb und teuer war. Dafür muss er jetzt büßen. Ach, und noch etwas, Peter: Leg dich nicht mit mir an. Ich bin nicht mehr die Nina, die du einmal kennengelernt hast. Und jetzt mach, dass du wegkommst. Ich lasse mich weder von dir, vom MI6 noch von sonst jemanden aufhalten."

Mit einem heftigen Tritt gegen Peters Fuß sorgte sie dafür, dass sie die Türe schließen konnte, nachdem Peter seinen Fuß schmerzverzerrt aus dem Türspalt zog.

6

Verdutzt und traurig, gepaart mit Unverständnis, trottete Peter leicht humpelnd zu seinem Land Rover. Er nahm hinter dem Volant des SUVs Platz und schaute noch eine ganze Weile zu Ninas Haus herüber, bis er beschloss, zu dem kleinen Ausschank zurückzufahren und Aimees Angebot bezüglich einer Übernachtungsmöglichkeit anzunehmen. Es dämmerte bereits, als er den Land Rover auf dem Parkplatz ausrollen ließ. Ohne Hast stieg er aus und entnahm dem Gepäckraum seine Reisetasche, bevor er gemächlich dem Eingang des Gebäudes entgegen schlenderte.

„Da bist du ja schon wieder, Peter. Wie mir scheint, will sie dich nicht zurückhaben. Habe ich doch gleich gewusst. Meine Mädels werden dir ein leckeres Abendessen bereiten und dein Bettchen machen."
Aimee lachte aus tiefster Seele.

„Sehr freundlich von dir, Aimee. Ich muss jetzt erst einmal nachdenken. Keine neuen Abenteuer."

„Ok, Essen gibt es in einer Stunde. Es gibt Rinderlende mit grünem Bohnengemüse und

Bratkartoffeln. Eine Delikatesse. Du wirst es gleich schmecken. Kacy macht die besten Bratkartoffeln der Umgebung. Sie ist eine ungemein gute Hausfrau, während Lucy die Handwerkerin ist."
„Dann sehen wir uns zum Essen."

Peter ließ sich den Schlüssel für sein Zimmer geben. Schwungvoll trug er seine Reisetasche die enge Stiege hoch in die erste Etage. Aimee hatte ihm den Schlüssel für Zimmer Nr. 2 in die Hand gedrückt. Als er die Tür aufschloss, war er mehr als überrascht. Ein pikobello sauberes, gemütlich, wenn auch keinesfalls luxuriös eingerichtetes Zimmer sollte ihm für zwei Tage als Unterkunft dienen. Peter zeigte sich sehr zufrieden. Er packte seine Tasche aus und verstaute seine wenigen Utensilien an Garderobe und Körperpflegeartikel im Kleiderschrank. Zuletzt nahm er sein Handy aus dem Blouson. Nach seiner Ansicht war es an der Zeit, mit Simon Sharp zu telefonieren. Peter fühlte sich mit der Situation mehr als unwohl. Nina zu bekämpfen oder sogar letztlich auszuschalten, behagte ihm überhaupt nicht, auch wenn sie sich stark verändert hatte. Doch konnte man ihr das verübeln, nachdem was sie durchgemacht hatte? Peter verließ das Gebäude. Schon nach wenigen Metern bot sich ihm ein traumhafter Ausblick auf das Meer. Doch deshalb war er nicht hier. Mit einem Ruck zog er das

Mobiltelefon aus der Tasche. Über Kurzwahl wählte er Simon Sharp an.

„Sharp hier, hallo, Peter. Was kann ich für Sie tun?" Wie gewohnt kam der Chef des MI6 gleich auf den Punkt.

„Hallo, Chief. Ich habe Nina aufgespürt und mit ihr gesprochen. Sie will nach Südafrika reisen und den Khan töten, um es ohne Umschweife auszudrücken. Sie hat sich stark verändert, scheint jedoch mental 150% geben zu können. Wenn ich es richtig gesehen habe, hat sie die fehlenden Fingerglieder durch Prothesen ersetzt. Sie wirkte sehr entschlossen und aggressiv. Sie ist mit genug Adrenalin ausgestattet, ihr Vorhaben auch durchsetzen zu können."

„Mmmmh Peter, sie wird der Welt ganz sicher einen großen Dienst erweisen, wenn sie den Khan von der Bildfläche verschwinden lässt. Nur darf das nicht mit uns in Verbindung gebracht werden. England unterhält ein sehr freundschaftliches Verhältnis zu Südafrika. Unsere Wirtschaft hat viel Geld in einheimische Projekte investiert. Das alles dürfen wir nicht durch einen Rachefeldzug von Miss Brennan zerstören."

„Aber wie wollen wir das verhindern, Sir?"

„Das wird nicht ganz einfach für Sie, Peter. Damit habe ich schon gerechnet. Ich könnte Ihnen Miller

schicken, der, wenn sich Miss Brennan uneinsichtig zeigt, sie ausschaltet."

„Gott, nein, Sir, Miller ist ein Profikiller."

„Aber ganz sicher in der Lage, ohne mit der Wimper zu zucken, dieses Problem zu lösen."

„Sir, so kenne ich Sie gar nicht."

„Peter, es geht um die Belange des britischen Empires. Rücksichtnahme ist da unangebracht, auch wenn es grausam klingt."

„Das würde bedeuten, dass Sie auch mich ausschalten lassen würden, wenn ich gegen den Strom schwimme?"

„So sieht es aus, Peter. Das ist unser Job."

„Gut zu wissen. Ich muss darüber nachdenken, Sir."

„Kann ich gut verstehen, Peter. Lassen Sie mich morgen wissen, ob Sie den Job übernehmen. Falls nicht, muss ich anders planen und Sie zurückbeordern."

„Ok, Sir, ich melde mich morgen wieder."

„Alles klar, Peter. Bis morgen dann."

Schon hatte der Chef des MI6 das Gespräch beendet.

Peter war der beste Auslandsagent, den der MI6 aufbieten konnte. Seine Befähigungen ließen ihn jedes Fahrzeug zu Lande, zu Wasser wie auch in der Luft bewegen. Er war top durchtrainiert, sprach vier Sprachen fließend und seine technischen Kenntnisse waren überdurchschnittlich, was auch seinem

Studium der Elektronik geschuldet war. Doch jetzt hatte er ein echtes Problem. Er liebte Nina immer noch. Schließlich wollte er seinen Job an den Nagel hängen und gemeinsam mit ihr auf McCords Manor eine Familie gründen. Dass sie der Einsatz in Thailand und die unmenschlichen Folterungen im Lager des Khans verändert hatten, verstand er noch. Doch dass sie ihn jetzt abwies, obwohl er sie immer noch zur Frau nehmen wollte, war ihm einfach schleierhaft. Tief in Gedanken lief er dem Eingang seiner Pension entgegen.

7

„Da bist du ja, Peter. Das Essen ist gleich fertig. Wasch dir die Hände und setz dich an den Tisch."
Peter dachte an seine Mutter, die ihn ebenfalls stets daran erinnerte, vor dem Essen die Hände zu waschen. Grinsend lief er hoch in sein Zimmer. Folgsam wusch er sich seine Hände und nahm im kleinen Gastraum Platz. Sofort wuselten die beiden Töchter von Aimee wie die Bienen um den Honigtopf um ihn herum. Er wählte zum Essen ein kleines Bier. Die Rinderlende war in der Tat vom Feinsten. Das Messer glitt durch das gebratene Rindfleisch, dass außen kross angebraten und innen mit einer leicht rosa Note brillierte, wie durch Butter. Peter war begeistert. Für eine Viertelstunde vergaß er all seine

Probleme. Doch seine Sorge um Nina holte ihn rasch wieder in die Realität zurück. Bereits beim Espresso musste er erneut an sie denken. So verzichtete er auf das angepriesene Dessert und verließ seine Herberge. Peter stieg in seinen SUV und fuhr erneut zum Cottage, in dem Nina lebte. Doch schon von weitem sah er, dass das Haus verwaist schien. Kein Licht brannte. Auch Nina konnte er nirgends ausmachen. Er stellte sein Fahrzeug ab und stiegt aus. Ohne Lärm zu machen, schlich er dem Cottage entgegen. Sofort versuchte er, durch die Ritzen in den Läden einen Blick in den Innenraum zu werfen. Doch im Haus war es stockdunkel. Langsam und ganz leise tastete er sich der Garage entgegen. Peter zog die Minimaglight aus seiner Jackentasche. Ninas Wagen stand in der Garage. Dies konnte er genau erkennen. Er verhielt sich vorsichtig. Wie würde sie wohl reagieren, wenn sie ihn hier antraf? Sie war vermutlich im Besitz diverser Schusswaffen. Ob sie auf ihn schießen würde? Fragen über Fragen.

Peter lief um das Haus herum. Doch auch dem hinteren Bereich war nicht zu entnehmen, dass sich Nina im Haus befand. Er musste irgendwie versuchen, in das Gebäude zu gelangen. Nach längerer Suche fand er einen Fensterladen, dessen Schrauben an den Scharnieren lose waren. Endlich hatte Peter einen Zugang gefunden. Das Fenster aufzuhebeln, bereitete ihm dann keine Probleme mehr. Drinnen war es dunkel. Nina hatte kein Parfüm verwendet. Lediglich der Duft ihres Duschgels waberte noch durch die Räume. Professionell durchsuchte er alle Räumlichkeiten. Doch Nina war nicht mehr hier. In der angeschlossenen ehemaligen Scheune fand er ihre Trimmgeräte und vor allem ihre Präzisionswerkstatt mit diversen Prototypen von Fingerprothesen. Nina war ein verdammt pfiffiges Mädel, dass sich offensichtlich nicht durch ihre körperlichen Defizite beirren ließ. Aber wo war sie hin? Auf ihrer Schießbahn hingen noch die Scheiben mit der genialen Trefferquote, die sie geschossen hatte. Peter rekapitulierte. Wenn Nina nicht mehr im Hause war und ihr Auto in der Remise stand, war sie wohl zu Fuß unterwegs. Aber wohin und in welche Richtung? Bis zur nächsten Bushaltestelle waren es sicher gut und gern fünfzehn Kilometer. Ganz sicher stellte diese Distanz für sie kein Problem dar. Peter verließ das Haus auf dem gleichen Weg, wie er es betreten hatte. Draußen umrundete er erneut den Bau, um eventuell Fußspuren zu finden, doch der Boden war trocken. Damit waren Fußabdrücke ausgeschlossen. Enttäuscht lief er zu den Klippen. Er ließ seinen Blick über den Atlantik schweifen, der sich gutmütig und sanft präsentierte. Die Abendsonne spiegelte sich auf der Wasseroberfläche und er meinte, in der Ferne einen Delfin ausgemacht zu haben, der sich spielerisch im Wasser tummelte. Idyllisch zog ein Segelboot seine Bahn in Richtung offenes Meer. Peter setzte sich auf einen Felsbrocken. So ein Segelschiff wäre sicher auch eine tolle Gelegenheit zu entspannen. Kurz bevor es ganz dunkel wurde, lief Peter zurück zu seinem Fahrzeug. Langsam stieg er ein. Ohne Hast fuhr er zurück zu seiner Herberge.

Peter war langsam gefahren. Er grübelte ständig darüber nach, wie Nina sich von hier oben abgesetzt haben könnte. Aimees Töchter saßen an einem Tisch vor dem Haus und spielten Schach. Als sie Peter bemerkten, begannen ihre Augen zu glänzen.

„Hallo, Peter, hast du deine Abendfahrt schon beendet?"

„Hallo, Kacy, hallo Lucy, ja, bin wieder zurück."

„Komm, setz dich doch zu uns."

„Nein, danke, Kacy, ich bin müde von der langen Fahrt und werde jetzt ins Bett gehen."

Lucy, die jüngere der beiden Schwestern, legte frech den Kopf zur Seite.

„Wir hätten da eine todsichere Methode, deine müden Geister zu vertreiben und dich wieder aufzuwecken."

„Davon bin ich überzeugt. Aber heute nicht. Vielleicht ein anderes Mal."

Ein wenig traurig und voller Sehnsucht schauten die beiden Mädchen Peter hinterher, der mit seinem schlaksigen Gang auf die Eingangstüre zu lief. Wohin konnte sich Nina nur abgesetzt haben? Doch so sehr er sich auch mit der Frage beschäftigte, er fand keine Lösung. In seinem Zimmer verschloss er rasch die Zugangstüre. Er entledigte sich all seiner Kleider und stieg in die Duschkabine. Der heiße Wasserstrahl, der seinen Nacken massierte, tat ihm gut. Plötzlich vernahm er ein leises Kichern. Wie es schien, hatten sich die Mädchen irgendwo in der Wand der Duschkabine ein Guckloch geschaffen, um die männlichen Gäste genauer unter die Lupe zu nehmen. Als Peter sich den Schaum aus den Augen gespült hatte, fand er den Beobachtungsdurchlass. Ohne dass es die Mädels bemerkten, nahm Peter den Duschkopf aus der Halterung. Blitzschnell hielt er die den Wasserstrahl gegen das Loch und drehte das Wasser auf. Die Schreie der Mädchen quittierte er mit einem lauten Lachen. Danach trat wieder Ruhe ein. Peter trocknete sich ab und ging zu Bett. Schnell schlief er ein. Doch seine nächtlichen Gedanken drehten sich nur um Ninas Flucht. Plötzlich wachte er schweißgebadet auf. Natürlich, sie war mit dem Segelboot, das er von den Klippen aus beobachtet hatte, in See gestochen. Ein Blick auf seine Armbanduhr sagte ihm, dass es noch verdammt früh war. Aber an Schlaf war jetzt nicht mehr zu denken. Zwar drehte sich Peter noch zweimal herum. Doch weil ihm alle möglichen Gedanken durch den Kopf schossen, stand er auf. Er duschte, zog sich an und verließ das Haus. Hastig sprang er in seinen Wagen und fuhr los. Irgendwo musste ein Weg zu finden sein, der zum Ankerplatz des Segelbootes führte und genau den wollte er jetzt finden.

Beinahe zwei Stunden kurvte Peter mit seinem SUV am Fuße der Klippen herum. Doch er fand keinen Pfad zu einer Anlegestelle. Entnervt wollte er schon aufgeben, als er eher durch Zufall einen völlig zugewachsenen Schotterweg entdeckte. Er hielt an und stieg aus seinem Fahrzeug. Sofort untersuchte er das Gestrüpp, dass den Zugang zu einem Weg verhinderte. Doch die Gewächse waren hier nicht natürlich gewachsen, sondern von Menschenhand geschickt auf ein Holzgestell geflochten, dass einem Strauch täuschend ähnlichsah. Nina hatte den Zugang zu ihrem Ankerplatz nicht nur sehr gut getarnt, sondern auch gefährlich gesichert. Noch während Peter das Holzgestell auf die Seite schob, raste seitlich von ihm die scharfe Klinge einer Machete, geführt von einem starken Gummiband, auf ihn zu. Dank eines Reflexes trat er beiseite, sodass ihn die Machete nur leicht am Bauch verletzte. Fluchend und jetzt gewarnt entnahm Peter seinem Wagen den Verbandkasten. Wenig professionell wickelte er den Wundverband um seinen Bauch. Er hatte jetzt keine Zeit für Banalitäten. Es galt nur noch, die Spur von Nina aufzunehmen. Doch eines wurde ihm sofort bewusst: Ab jetzt gab es keine Rücksichtnahme mehr. Es galt Auge um Auge, Zahn um Zahn. Nina zog alle Register und er würde es ihr gleichtun, wenn auch widerwillig.

8

Peter lief den Schotterweg hinunter zum Wasser. Die Schnittverletzung an seinem Bauch schmerzte deutlich und sorgte für einen ziemlichen Blutverlust. Trotz seines provisorischen Verbandes sickerte ständig Blut in sein Hemd. Er konnte es immer noch nicht wirklich glauben, dass Nina es ernst meinte mit ihrer Kriegsandrohung. Doch er war gewohnt, ständig kampfbereit zu sein. So nahm er die Kriegserklärung an.

Am Ende des Schotterweges entdeckte Peter einen Felsvorsprung, unter dem er einen Zugang zu einer Grotte fand, in der Nina ihr Boot hervorragend getarnt platzieren konnte. Sofort fielen Peter einige Fässer auf, die ursprünglich mit Diesel gefüllt waren. Eine Menge leerer Kartons zeugten davon, dass Nina reichlich Verpflegung wie auch Körperpflegemittel gebunkert hatte. Angaben zum Waffenarsenal, das ihr zur Verfügung stand, fand er allerdings nicht. Nina war genauso wie er selbst top ausgebildet. Solche Fehler würde sie sich niemals leisten. Peter sog die neuen Informationen in sich auf. Bevor er zu seiner Herberge zurückfuhr, ließ er sein Mobiltelefon eine Nummer in London anwählen.

„Hallo, Peter, Sie sind früh dran. Wie ich Sie kenne, haben Sie etwas herausgefunden, dass Sie mir erzählen möchten."

„Hallo, Mister Sharp, genauso ist es. Nina Brennan ist mit einer Segelyacht hier in Schottland in See gestochen. Sie hat reichlich Diesel und Proviant gebunkert, was bedeuten könnte, dass sie Kurs nach Südafrika nimmt. Was sie allerdings an Waffentechnik eingepackt hat, lässt sich nicht ermitteln."

„Hatten Sie etwas anderes erwartet? Schließlich wurde Sie von uns ausgebildet."

„Eigentlich nicht, Sir."

„Wie wollen Sie weiter vorgehen Peter?"

„Ich werde zurück nach Edinburgh fahren und von dort aus über Heathrow nach Kapstadt fliegen. Von Kapstadt aus per Inlandflug nach Beaufort West, wo ich mir eine Unterkunft suche und einen Mietwagen buche. Das Anwesen des Khans liegt von dort aus etwa 130 Kilometer entfernt in Carnarvon, ziemlich

einsam und abseits und jeder Zivilisation. Natürlich wissen wir nicht, wo Nina anlanden wird. Aber ich glaube, ich werde unweigerlich dort auf sie stoßen."

„Sehr gut, Peter. Wir organisieren die Flüge wie auch den Mietwagen von hier aus."

„Ok, Sir, ein Domizil suche ich mir selbst vor Ort."

„Sehr schön Peter. Ich melde mich noch bei Ihnen."

„Danke, Sir."

Wie gewohnt bekam Simon Sharp Peters letzte Worte schon nicht mehr mit, da er das Gespräch bereits ganz schnell beendet hatte.

Bevor Peter zurück zu seiner Herberge fuhr, schaute er sich noch einmal genau den Liegeplatz des Bootes an. Doch er fand nicht den Hauch einer Spur, wohin Nina aufgebrochen war. Sehr beunruhigt kletterte Peter zurück auf das Plateau, wo er seinen Wagen abgestellt hatte. Langsam fuhr er zum Gasthof zurück. Aimee erwartete ihn bereits mit dem Frühstück.

„Hallo, Aimee, machst du mir bitte gleich für zwei Nächte die Rechnung fertig. Ich muss leider noch heute abreisen."

„Gott, wie siehst du denn aus? Hast du dich ernsthaft verletzt?"

„Ich bin an einem Stück Stacheldraht hängen geblieben, als ich mir die Küste angesehen habe."

„Sehr ungewöhnlich, weil hier eigentlich niemand seinen Strandabschnitt eingezäunt hat. Ich rufe Kacy. Sie ist ausgebildete Krankenschwester. Sie wird die Wunde reinigen und dir einen Verband legen."

Noch ein wenig schlaftrunken schwebte ihm die ältere Tochter von Aimee entgegen und besah sich Peters Bauch.

„Morgen, Peter. Bist du Tetanus geimpft?"

„Morgen, Kacy. Ja, natürlich."

„Ok, ich hole meine Tasche."

Die junge Frau arbeite für den einzigen Landarzt der Umgebung als rechte Hand und nahm ihm einige Arbeiten ab, indem sie die Menschen im Umland mit Medikamenten und ärztlicher Hilfe versorgte.

„Der Schnitt ist nicht sehr tief. Du wirst aber noch länger Schmerzen deswegen haben."

„Das denke ich mir."

„Du scheinst aber häufiger Probleme mit deinem Körper zu haben, wenn ich mir die ganzen Stich- und Schussverletzungen auf dem Rücken so ansehe."

„Deshalb bin ich ja Kummer gewöhnt. Aber der Verband sieht super aus."

„Du solltest ihn morgen wieder wechseln."

„Ich werde sehen, dass ich zwei fachkundige Hände finde, die mich weiter verarzten können."

„Bleib doch einfach hier. Ich verarzte dir nicht nur deine Wunde."

Kacy grinste Peter frech an.

„Das geht leider nicht, Kacy. Ich muss gleich wieder los."

„Schade, ein Mann wie du könnte mir gefallen, auch wenn du in jedes Messer fällst und dich ständig von den Kugeln deiner Mitmenschen treffen lässt."

„Ich passe ab jetzt besser auf mich auf. Versprochen."

Kacy musste herzlich lachen. Wenn Peter sich die junge Frau so betrachtete, musste er feststellen, dass sie ihm ebenfalls gefiel. Es ging doch nichts über die schottische Frauenwelt.

„Fertig, schottischer Krieger. Jetzt kannst du wieder mit William Wallis ins Feld ziehen."

„Danke, Kacy, was hab' ich zu zahlen?"

„Nix, Peter. Geht aufs Haus."

„Sag mal, Kacy, kennst du hier in der Gegend jemanden, der eine hochseetaugliche Yacht besitzt?"

„Ja, und das nicht einmal weit von hier entfernt. Onkel Frederik besaß zwei identische Yachten, die unterhalb seines Hauses in einer alten Seeräuberkaverne auf Reede lagen. Er hat die Boote bis zu seinem Tod gehegt und gepflegt. Ich glaube, seine Nichte Nina hat alles geerbt, als auch ihre Tante starb. Kurz darauf war eines der Boote verschwunden. Was sie damit gemacht hat, weiß ich aber nicht. Ist irgendetwas mit Nina?"

„Sie war meine Freundin. Ich wollte sie dringend sprechen. Aber Boote habe ich in der Kaverne keine angetroffen. Danke für deine Auskünfte."

„Keine Ursache, Peter. Bleib doch einfach hier. Ich bin zwar nicht blond wie deine Nina, aber ich sehe sicher nicht schlechter aus. Heirate mich und ich schenke dir viele stramme Krieger und hübsche Prinzessinnen."

„Ein verlockendes Angebot. Aber ich muss leider ganz schnell nach Edinburgh."

„Ich würde gern auf dich warten, Peter."

„Lass das lieber, Kacy, ich bin ständig in der ganzen Welt unterwegs und ob ich lebend zurückkehre, ist auch nicht immer sicher."

„Schade."

Eine gute halbe Stunde später stieg Peter ein wenig unter Schmerzen in seinen Land Rover ein. Wie die Orgelpfeifen standen die drei Frauen vor dem kleinen Haus und winkten ihm nach. Er hielt seine Hand aus dem Wagenfenster und winkte zurück. Die drei Frauen hatten ihm gefallen. Er hatte für Aimee zum Dank ein Kuvert mit 500 Pfund hinterlegt. Sie konnte das Geld sicherlich gut gebrauchen.

9

Peter drosch den SUV über Stock und Stein bis zur

Bundesstraße und dann gleich weiter, bis er drei Stunden später McCords Manor erreichte. Nass geschwitzt stieg er aus dem Land Rover. Angus trabte gemütlich auf Peter zu.

„Siehst scheiße aus, Peter. Herzlich willkommen."

„Hallo, Angus, ich habe es nicht so gut wie du. Ich muss mir meinen kargen Lohn schwer verdienen."

Die beiden Männer fielen sich in die Arme. Peter zuckte zusammen.

„Was ist los, Peter?"

„Hab mich ein wenig am Bauch verletzt. Die Wunde schmerzt bei Berührung."

„Ich will gar nicht wissen, wie du darangekommen bist. Soll meine Frau den Verband wechseln?"

„Erst morgen steht ein Wechsel an. Wenn sie das machen würde, wäre schon toll."

„Ich sage ihr frühzeitig Bescheid, damit sie den Ekel, sich deinen zerschundenen Körper ansehen zu müssen, überwinden kann. Immerhin ist sie mich gewöhnt."

Der fast zwei Meter Riese Angus bog sich mit einmal vor Lachen, als er das verdutzte Gesicht von Peter sah.

Den Abend verbrachte Peter mit seiner Familie, bevor er sich am nächsten Morgen nach Edinburgh bringen ließ. Simon Sharp hatte alles umdisponiert und um Zeit zu sparen einen Firmenjet gechartert, der Peter mit einer Zwischenlandung nach Kapstadt bringen sollte. Ihm war es recht. So musste er nicht längere Wartezeiten bei den Zwischenstopps von Britisch Airways über sich ergehen lassen. Dreizehn Stunden später setzte der Lear-Jet des MI6 auf der Landebahn des Flughafens in Kapstadt auf. Peter nahm seine Reisetasche und verließ etwas müde und steif gesessen den Jet. Sofort nahm ihn ein Mitarbeiter der Company in Empfang und brachte ihn in das klimatisierte Gebäude des MI6-Repräsentanten in Kapstadt City. Der Empfang fiel sehr freundlich aus. Niemand fragte ihn, was er hier vorhatte, da nur wenige Mitarbeiter im Hause in Beug auf seinen Einsatz eingeweiht waren. Wenig später bezog Peter ein Gästezimmer. Müde legte er sich auf das Bett. Er musste nachdenken. Es stand zweifelsfrei fest, dass Nina mit dem Segelboot nach Südafrika aufgebrochen war. Doch auf welchen Namen war das Boot getauft? War es im Register eingetragen? Das wurde zurzeit in London geprüft. Hätte die Yacht in einem offiziellen Hafen festgemacht, wäre der Name im Register eingetragen worden. Doch im hohen Norden Schottlands gab es keine Yachthäfen. Also war das Schiff nicht registriert, was in der ländlichen Region überhaupt nicht auffiel. Schwieriger wurde es dann für Nina, wenn sie einen Zwischenstopp einlegen musste. Traf sie dabei auf einen gewissenhaften

Hafenmeister, der den Namen des Bootes genau überprüfte und den Ort der Eintragung dazu abglich, war sie aufgefallen. Doch gerade in kleineren Häfen reichte es zumeist, zu den Hafengebühren ein kleines Bakschisch unter der Hand zu geben, um alle Formalitäten zu umgehen. Zumeist wurde dann nicht einmal der Aufenthalt des Bootes dokumentiert.

Peter war über seine schweren Gedankengänge eingeschlafen. Sein Körper hatte nach den Strapazen der letzten Tage und dem langen Flug eine Ruhepause eingefordert. Als er erwachte, fühlte er sich besser. Eine Idee, wie er weiter vorgehen sollte, war ihm nicht gekommen, bis er sich im Bad frisch machte. Er beschloss, in Ebay wie auch in privaten Bootveräußerungsforen nachzuforschen, ob das Boot irgendwo zum Verkauf aufgetaucht war. Vorher jedoch wollte er etwas essen gehen. Er steckte seine Waffe in das Innenbundholster und versteckte alles unter seinem Hemd, das er über der Hose trug. Ein Sicherheitsbeamter des Hauses gab ihm einen Tipp, wo er gut original südafrikanisch essen konnte. Er ging zu Fuß, weil das einfache, aber gemütliche Restaurant nicht weit entfernt lag. Die kleine Kneipe wurde zumeist nur von Einheimischen besucht, was dem Ganzen noch ein besonderes Flair verlieh. Peter liebte es, mit Menschen aus anderen Ländern zusammenzutreffen, um mit ihnen zu speisen und ins Gespräch zu kommen. Da das Preisniveau für südafrikanische Verhältnisse über dem Durchschnitt lag, verkehrten hier nur etwas besser gestellte Familien. Gleich neben Peter tafelte eine fünfköpfige Familie. Schnell kam Peter mit dem Familienoberhaupt, einem Universitätsprofessor und seiner Frau, die als Kindergärtnerin arbeitete ins Gespräch. Nach dem Dessert und zwei Espresso, die Peter spendierte, erfuhr er vom Familienvater, dass dieser ein kleines Boot im Yachthafen besaß, mit dem er mit seiner Familie kleine Bootstouren unternahm. Phillipe war leidenschaftlicher Angler, der auch gern aufs Meer hinausfuhr, um den Speiseplan aufzupeppen. Sofort luden sie Peter ein, sich einmal ihr Boot anzuschauen und einen kleinen Ausflug mitzumachen. Natürlich ließ sich Peter dies nicht zweimal sagen. Nach dem Essen fuhren sie gemeinsam mit dem Van der Familie zum Yachthafen. Phillipe stellte ihm sofort den Hafenmeister vor, einen kräftigen, vierschrötigen Mann mit tiefer Stimme, den Peter später zur Seite nahm und nach einer Yacht befragte, die aus Schottland hierhergekommen war. Doch Peter hatte kein Glück. Ein Boot aus Schottland hatte hier nicht festgemacht. Nach der Bootsbesichtigung schlenderte Peter noch ein wenig an den vielen schneeweißen Booten vorüber, um nachzuschauen, ob eine der Yachten Nina gehörte. Doch auf den ersten Blick behielt der Hafenmeister recht. Vom Hafen aus nahm sich Peter ein Taxi und fuhr zurück zum MI6 Center. Dort lieh er sich ein schnelles Laptop aus und verschwand damit in seinem Zimmer.

10

Eigentlich war Recherchearbeit weder sein Job noch sein Ding. Doch er steckte ganz tief in der Materie drin. Außerdem ging es um Nina. Im tiefsten Inneren hoffte er immer noch, dass sie zur Vernunft kam und es nicht zum Showdown zwischen ihr und ihm kommen ließ. Dies war auch der Grund, warum er keinen Mitarbeiter in der Zentrale damit beauftragen wollte. Nach vier Stunden schaute er das erste Mal müde vom Bildschirm auf. Er erhob sich und machte ein paar gymnastische Übungen, um seinen Nacken zu entkrampfen. Sein nächster Weg führte ihn zum Getränkeautomaten auf dem Gang, aus dem er sich drei Flaschen Wasser herausnahm. Eine Flasche Mineralwasser trank er in einem Zug leer. Sofort nahm er wieder hinter seinem Laptop Platz und recherchierte weiter. Kurz vor Mitternacht wurde Peter endlich fündig. In einem Schiffseigner-Portal stieß er auf die Scottish Flower 2, einer komplett eingerichteten und ausgestatteten Zweimaster-Yacht mit starkem Dieselmotor, die auch nur von einer Person bedient werden konnte. Alle Funktionen ließen sich bequem mittels Fernsteuerung durchführen. Das Boot war absolut hochseetauglich und besaß eine hohe Zuladung an Treibstoff und Verpflegung. Als Standort wurde nahe Scourie angegeben. Peter war sich sicher, dass es sich um die Yacht handelte, mit der Nina unterwegs war. Doch was sollte der Zusatz 2 zum Schiffsnamen. Gab es wirklich ein weiteres Boot? Hatte Nina das zweite Boot etwa irgendwo versenkt, damit man ihres nicht so leicht finden konnte? Leider war es jetzt zu spät, um noch telefonisch beim Eigner der Yacht nachzufragen, ob das Schiff bereits verkauft war. Die Schaltung der Verkaufsanzeige lag bereits fünf Monate zurück. Weil es auch für Topagenten in der Nacht nicht ungefährlich war, allein durch die Straßen Kapstadts zu schlendern, entnahm Peter dem Eisschrank im Zimmer eine Miniflasche Scotch. Er hatte beschlossen, nicht mehr nach draußen zu gehen. Nachdem er den Whisky, der aus dem elterlichen Betrieb stammte, etwas angewärmt hatte, schüttete er den Inhalt in ein Glas und trank ihn in kleinen Schlucken. Wenig später zog er sich aus und verschwand in seinem Bett.

Peter schlief sehr schlecht in dieser Nacht. Weil ihn ohnehin nichts mehr im Bett hielt, stand er sehr früh auf. Nach einer kurzen Dusche, lange duschen war in

Südafrika wegen der Wasserknappheit nicht erlaubt, zog er sich an und verließ sein Refugium. Er schlenderte so lange die Hauptstraße entlang, bis er einen Coffeeshop fand, der English Breakfast anbot. Schon bald wurde er fündig. Er verzichtete auf Würstchen und Bohnen, dafür bediente er sich gleich zweimal am Rührei mit Bacon. Peter wollte keine Zeit verlieren. Irgendwie wurde er das Gefühl nicht los, dass ihm die Zeit wie feiner Sand nur so zwischen den Fingern hindurch rann. Er hatte bereits alle nautischen Daten zusammengetragen und errechnet, dass Nina bei günstigen Bedingungen mit ihrem Boot in den nächsten Tagen hier eintreffen müsste, falls sie denn in Kapstadt anlanden wollte. Zurück in seinem Zimmer wählte er die Rufnummer in Schottland, die auf der Seite des Schiffangebots stand. Nach dem vierten Klingeln wurde das Gespräch entgegengenommen.

„Mc Lorray, was kann ich für Sie tun?"
„Peter McCord, hallo Mister Mc Lorray. Ich rufe auf Ihre Anzeige im Internet zum Verkauf Ihres Segelbootes mit Namen Scottish Flower 2 an. Ist das Boot noch zu haben?"
„Hallo, Mister McCord. Danke für Ihren Anruf. Leider ist die Yacht mittlerweile unverkäuflich. Sie gehörte meinem Vater, genauso wie die Scottish Flower 1.

Mein Vater ist leider vor einigen Monaten verstorben und hat beide Schiffe seiner Nichte vererbt."

„Mein Beileid, Mister Mc Lorray. Das ist ja schade. Wissen Sie denn, ob seine Nichte eine der Yachten verkaufen möchte und wie ich sie erreichen kann?"

„Danke für Ihr Mitgefühl, Mister McCord. Der letzte Stand meiner Informationen ist der, dass Nina Brennan, so heißt übrigens die Nichte, eines der Boote verkauft hat und mit der anderen Yacht wollte sie eine Weltreise unternehmen. Ob sie schon unterwegs ist und mit welchem Schiff, entzieht sich leider meiner Kenntnis. Ich habe auch keine Rufnummer mehr von Miss Brennan. Wir kennen uns ohnehin kaum, weil wir uns nie besonders nahestanden."

„Dann sage ich danke für Ihre Infos. Muss ich wohl mal weiter schauen. Schönen Tag."

„Ihnen auch und viel Glück bei Ihrer Suche nach einem passenden Boot, Mister McCord."

„Danke, ich habe aber noch eine Frage. Sind die beiden Yachten identisch?"

„Ja, Mister McCord. Sie unterscheiden sich lediglich ein wenig in der Innenausstattung."

„Vielen Dank für Ihre Auskünfte. Alles Gute."

„Ihnen auch."

Jetzt war Peter um einiges schlauer, was das Fortbewegungsmittel von Nina betraf. Doch welchen

Hafen sie anlaufen wollte und wo sie sich gerade befand, blieb nach wie vor ein Geheimnis. Rasch verwarf er die Idee, sich ein Boot zu mieten und die Küste abzufahren. Dafür war die Region einfach zu weitläufig. Noch während er seine Möglichkeiten überdachte, Nina zu finden, summte sein Handy.

„McCord, hallo, Mister Sharp."

„Hallo, Peter, gibt es Neuigkeiten? Die Zeit läuft uns einfach davon."

„Das sehe ich genauso, Sir."

Sofort berichtete Peter, was er bisher in Erfahrung brachte.

„Nun ja, Peter, besser als nichts. Chartern Sie sich einen Helikopter und fliegen Sie die Küste ab. Vielleicht haben Sie ja Glück und finden die Yacht. Fliegen Sie ein paar Seemeilen auf das Meer hinaus. Vielleicht ist Miss Brennan auch erst im Zulauf. Ich sorge dafür, dass Sie einen Hubschrauber erhalten. Sie fliegen selbst?"

„Wird wohl das Beste sein, Sir."

„Ok, ich kümmere mich darum. Viel Erfolg."

„Danke, Sir."

11

Der Bo 105 A Hubschrauber aus deutscher Produktion war top gewartet und wieselflink, auch wenn er bereits in die Jahre gekommen war. Peter ließ sich kurz einweisen, bevor er das Pitch übernahm. Als er alle Funktionen gecheckt hatte, hob er ab. Ohne Hast steuerte er auf die offene See hinaus. Rechts am Steuerknüppel saß ein Schalter, mit dem er die beiden hochauflösenden Digital-Kameras ein- und ausschalten konnte. Peter hatte sich sein gewaltiges Suchfeld in verschiedene Planquadrate eingeteilt, die er jetzt nacheinander abfliegen wollte. Die Bilder von der Yacht, die er sich aus der Verkaufsanzeige herauskopiert hatte, lagen auf dem Beifahrersitz. Nach zweistündigem Flug warnte ihn eine kleine Lampe neben der Tankinhaltanzeige, das er umkehren musste. Auch wenn er sein gesetztes Pensum abgeflogen hatte, konnte er das Boot nicht ausmachen. Wenig erfreut drehte er ab und stellte den Helikopter zurück auf seinen Landeplatz. Auch an den nächsten beiden Tagen flog er die Strecke erneut ab, jedoch ohne Erfolg.

Am vierten Tag startete er mittags noch einmal zu einem Suchrundflug. Er hatte sich fest vorgenommen, heute ein letztes Mal seine Runde zu fliegen, auch wenn er die Yacht nicht fand. Er prüfte im Hinterkopf noch weitere Möglichkeiten, wie er wohl sonst den Verbleib der Yacht ermitteln konnte. Doch so wirklich fiel ihm dazu noch nichts Passendes ein. Irgendwie wurde er das Gefühl auch nicht los, nicht so ganz bei der Sache zu sein. Ein Zweikampf mit Nina war das Letzte, was er sich wünschte. Die wendige Bo 105 A ließ sich leicht lenken und dank der großen Frontscheibe behielt Peter große Teile seines Suchgebiets stets im Auge. Doch das alles half wenig. Die weiße Yacht blieb verschollen. Er flog noch eine letzte weitere Schleife, bis er völlig unerwartet eine weiße Zweimaster-Yacht, die auf der ruhigen See der Küste Südafrikas entgegen glitt, ausmachte. Peter drückte den Pitch nach vorn, um tiefer zu gehen. Den Namen des Segelschiffes Scottish Flower 1 vorn rechts aufgemalt, konnte Peter deutlich erkennen. Er drückte den kleinen Helikopter noch tiefer herunter, um erkennen zu können, ob Nina allein unterwegs war. Doch auf Deck war niemand zu erkennen.

„Sie hat sich unter Deck versteckt und fährt die Yacht per Fernsteuerung", sprach er vor sich hin.

Sofort notierte er sich die Koordinaten, um später feststellen zu können, wann und wohin der Weg des Bootes eventuell führte. Rasch stieg er wieder in die Höhe, um keine Aufmerksamkeit mit seinem Lufthopser zu erregen. Den Finger am Abzug der beiden Kameras ließ er jedoch nicht los. Ohne weitere Manöver flog er umgehend zurück zur Base der Bo. Von dort aus brachte ihn ein Wagen des MI6 in die Dependance. Dort klopfte er gleich beim Chef der Niederlassung an und bat um ein schnelles Motorboot. Da Peter alle Bootsführerscheine und selbst Schiffpatente als Kapitän für Ozeanriesen besaß, stellte die Handhabung eines Motorbootes keine besonderen Anforderungen an ihn. Doch der Chef des MI6 in Kapstadt hob die Augenbrauen, als er Peters Wunsch nach einem schnellen Motorboot vernahm.

„Nun, Peter, wir haben hier keine eigenen Boote und sind auf Bootsverleiher angewiesen. Ich werde alles versuchen, Ihnen so schnell als möglich ein Motorboot zu besorgen."
„Danke, Sir, ich bin in meinem Zimmer, wenn Sie etwas erreicht haben."
„Es gibt immer eine Lösung. Bis später."

Peter setzte sich hinter sein Leihlaptop und schob die Chips aus den Überwachungskameras in die Slots. Sofort flackerte der Bildschirm auf. Gestochen scharfe Fotos der Yacht wurden sichtbar. Selbst einen kleinen Kaffeelöffel, der an Deck lag, konnte Peter erkennen. Doch wo sich Nina aufhielt, blieb vor ihm verborgen. Er würde nicht umhinkommen, die Yacht zu entern und selbst nach Nina zu schauen. Doch ließ sie sich so einfach festnehmen? Würde es zum Kampf auf Leben und Tod kommen? Ein ungutes

Gefühl beschlich ihn. Als es an der Türe klopfte, wurde er aus seinen Gedanken gerissen. Der Chef der Niederlassung des MI6 betrat sein Zimmer.

„Darf ich reinkommen?"

„Ja, selbstverständlich. Haben Sie gute Nachrichten für mich?"

„Ja und nein, Peter. Da zurzeit Urlaubszeit herrscht, sind keine schnellen Mietmotorboote im Yachthafen verfügbar."

„Und was machen wir jetzt?"

„Sie bekommen das Riva-Boot des britischen Botschafters, der zurzeit auf Urlaub in London weilt. Aber Peter, das Boot hat einen Wert im siebenstelligen Bereich, ist aus feinstem Teakholz gearbeitet und besitzt zwei Lamborghini Inborder mit insgesamt 600 PS. Wenn allerdings am Boot etwas kaputt geht, wird das verdammt teuer für den Steuerzahler. Sie sollten das im Hinterkopf behalten. Das Boot liegt im Yachthafen. Unser Fahrer bringt Sie sofort dorthin."

„Super, dann möchte ich keine Zeit verschwenden und gleich losfahren. Ich werde versuchen, nicht eine Schramme zu hinterlassen."

„Ja, das ist sicher die richtige Maßnahme. Ach, und bitte noch einmal: Denken Sie an den Wert des Bootes, Peter. Es ist ein Einzelstück."

„Ja, ich habe schon verstanden."

Das Boot war schon von weitem optisch ein Träumchen. Der fein und schnittig gearbeitete Echtholzrumpf, der geölt in der Sonne glänzte, hob sich von allen anderen Motorbooten ab. Peter kannte die Riva-Boote aus Italien genau. Ein Onkel, ein reicher Schafzüchter, besaß ein ähnliches Modell, mit dem Peter schon ein paar Mal fahren durfte. Mit einem leichten Satz sprang er auf den Kommandostand. Er steckte den ihm überlassenen Schlüssel ins Zündschloss und drehte diesen zwei Klicks weiter. Sofort meldeten sich die beiden Achtzylinder-Motoren. Ihr mächtiges Blubbern ließ den fachkundigen Bootsfreund gleich erkennen, wie viel Power da gerade zum Leben erwachte. Peter löste die Halteleinen und bewegte ganz vorsichtig die beiden Gashebel nach vorn. Grummelnd nahmen die schweren Motoren erst stotternd, dann richtig fett Drehzahl auf. Peter kannte die Macken der italienischen Bootsmotoren sehr genau. Gemächlich ließ er sie warmlaufen, bevor er Gas gab. Als die Temperaturanzeigen im grünen Bereich angekommen waren, brauste Peter aufs offene Meer hinaus.

12

Dank der zuvor eingegebene GPS-Koordinaten, die Peter anhand des letzten Helikopterfluges ermittelt hatte, rechnete das System den ungefähren Standort der Yacht aus. Und tatsächlich erblickte er zwanzig Minuten später das weiße Segelboot, dass sich gemächlich, vom lauen Wind angetrieben, der südafrikanischen Küste näherte. Peter schaute durch sein Fernglas. Doch Nina konnte er immer noch nicht an Deck ausmachen. Beherzt reduzierte er seinen Speed. Langsam ließ er das Motorboot auf den Segler zusteuern. Um eine Kollision zu vermeiden, drehte er bei. Als er nah genug herangefahren war, legte Peter steuerbord an der Yacht an. Mit einem Sprung und der Leine in seiner Hand enterte er das weiße Segelboot. Gekonnt machte er geräuschlos die Leine an der Segelyacht fest. Eine völlige Stille empfing ihn. Peter ging in die Hocke. Langsam ließ er seinen Blick über das Deck wandern. Auf allen vieren bewegte er sich dem Abgang zur Kajüte entgegen. Aus Gewohnheit zog er seine Waffe aus dem Innenbundholster. Auf Zehenspitzen lief er die fünf Stufen hinunter, die in den Bauch des Bootes führten. Vor der Türe hielt er inne. Immer noch vernahm er keinen Laut und doch wirkte alles hier irgendwie bewohnt. Vorsichtig drehte Peter den Türgriff. Sogleich schwang die Türe auf. Essengeruch und abgestandener Zigarettenrauch drang ihm in die Nase. Ein junges Mädchen, nur in ein Badetuch gewickelt, sprang aus dem Bett.

„Was wollen Sie hier? Wir haben kein Geld oder sonstige Wertgegenstände, die wir Ihnen geben können."

„Hallo, mein Name ist Peter McCord. Keine Sorge, ich bin kein Pirat."

Peter steckte seine Waffe zurück in den Holster.

„Ich bin auf der Suche nach Nina Brennan."

Ein junger Mann wühlte sich nun ebenfalls aus den Federn und übernahm die Konversation.

„Nina Brennan ist nicht hier. Sie hat uns das Boot sehr günstig verkauft. Dafür sollte uns unsere erste Fahrt nach Kapstadt führen. Nina hat noch ein weiteres Schiff, mit dem sie auch unterwegs ist. Doch wohin sie fahren wollte, hat sie nicht gesagt."

„Dann sage ich danke für Ihre Auskunft und mache mich wieder ab. Entschuldigen Sie bitte die Störung."

„Was ist denn mit Nina?", fragte das junge Mädchen.

„Dazu darf ich leider keine Aussage machen. Ich wünsche euch weiterhin eine gute Fahrt und schaut mal nach eurem Autopiloten, damit ihr nicht auf den Strand auflauft."

„Ja, machen wir. Danke für den Ratschlag."

Peter drehte sich um. Schnell lief er die kleine Treppe hoch. Sein nächster Handgriff galt dem Befestigungsseil, dass er mit einem Zug löste. Mit einem sportlichen Satz sprang er zurück auf sein

Riva-Boot. Er startete die Maschinen und fuhr sofort zurück Richtung Yachthafen.

Nachdenklich ließ er langsam das superteure Boot in den Hafen einlaufen. Er machte es fest und meldete sich beim Hafenmeister. Wenig später winkte er sich ein Taxi herbei, dass ihn zurück zum Gebäude des MI6 brachte. Er ging gleich hoch auf sein Zimmer und legte sich auf das Bett. Sofort begann es in seinem Kopf zu arbeiten. Was konnte er jetzt unternehmen, um Nina zu finden? Fest stand, dass ihr Täuschungsmanöver geglückt war. Sie war verdammt gut in ihrer Branche. Peter bedauerte, dass sie niemals mehr mit ihm zusammen Einsätze durchführen würde.

Peter klopfte kurz an die Türe des Repräsentanten des MI6.

„Hallo, Peter, kommen Sie herein. Was haben Sie auf dem Herzen? Sie haben doch hoffentlich nicht das Boot des Botschafters versenkt?"

„Hallo, Mister Smith, nein, keine Sorge das Boot liegt im Yachthafen und ist unbeschädigt. Wie gut funktioniert das Mitarbeiternetz hier in Südafrika?"

„Nicht immer so, wie man es sich wünscht. Aber ich bekomme stets alle Infos, nach denen ich frage."

„Das hört sich sehr gut. Ich bin auf der Suche nach einem weißen Segelschiff mit Namen Scottish Flower 1. Bei der Yacht handelt es sich um einen Zweimaster,

der gut und gern zwölf Meter misst und top ausgestattet ist. Gefahren wird sie von einer jungen Frau mit Namen Nina Brennan. Mir ist äußerst wichtig zu erfahren, wo sie eventuell angelandet ist? Weiterhin wie sie weitergereist ist. Hat sie einen Mietwagen genommen oder gar ein Fahrzeug gekauft?"

„Das sollte uns nicht vor unlösbare Aufgaben stellen, Peter. Ich werde sofort meine Kontakte aktivieren. Sobald ich neue Infos habe, sage ich Ihnen Bescheid."

„Sehr gut, danke, Mister Smith."

Peter verließ die Dependance des MI6. Gemächlich schlenderte er die Straße entlang, bis er einen Motorrad-Verleih erblickte. Dort mietete er eine recht neuwertige 400er Honda Enduro Maschine. Ohne Umwege verließ er die Stadt in Richtung Küste. Von dort aus cruiste er die Küstenstraße entlang. Sobald ein Ortsschild auftauchte, dass auf einen kleinen Hafen hinwies, bog er ab. Je nach Größe der Hafenanlage stieg er von der Maschine ab und fragte sich durch, ob jemand die weiße Yacht gesehen hatte. Selbst ein paar südafrikanische Rand, die er in der Tasche bei sich trug und verteilte, halfen dem Erinnerungsvermögen der Menschen nicht auf die Sprünge. Peter verließ die Hauptstraße. Er nahm die Piste direkt am Meer entlang. Eine kleine Ortschaft nach der anderen in Richtung Port Elisabeth klapperte er ab, bis er in einer malerischen Bucht eine weiße Yacht mit Namen Birdy entdeckte. Am ersten Mast wehte eine neuseeländische Flagge. Doch was hieß das schon. Der Zweimaster sah der Scottish Flower 2 täuschend ähnlich. Peter stoppte und stellte seine Maschine ab. Die Yacht dümpelte weit draußen vor sich hin und schien mit zwei Ankern befestigt zu sein. Noch während er ein paar Schritte am Strand entlang lief, traf er auf einen alten Fischer, der sein Netz reparierte. Sogleich sprach er ihn an.

„Entschuldigung, können Sie mir sagen, wem die weiße Yacht dort draußen gehört?"

„Einem jungen Mädel, Sir. Sie ist gestern angekommen."

„Und was hat sie gemacht?"

„Sie ist mit dem kleinen Beiboot an Land gefahren und verschwunden. Heute Morgen ganz in der Früh sah ich einen alten, grünen Land Rover dort vorn stehen, den sie mit ein paar Kisten belud. Sie ist einige Male mit dem Boot hin und her gefahren. Irgendwann ist sie dann in den Geländewagen gestiegen und losgefahren."

„Sie sagten, das war heute Morgen?"

„Ja, schon sehr früh. Als Fischer bin ich immer recht zeitig auf den Beinen. Es muss so gegen 05:00 Uhr gewesen sein."

„Danke für die Auskunft."

Peter drückte dem Mann einen 50 Rand Schein zum Dank in die Hand, der sich darüber mehr als erfreut zeigte.

„Irgendetwas stimmt mit der Kleinen nicht, Sir. Ich sah, dass sie eine Waffe im Gürtel trug."

„Vielen Dank und Petry Heil."

„Das wünsche ich Ihnen auch bei Ihrer Suche nach der jungen Frau, Sir."

Jetzt hatte Peter die Gewissheit, dass Nina vor Ort war. Doch ihr jetzt blind mit dem Motorrad zu folgen, war völlig unsinnig. Er musste noch einige Dinge planen und versuchen, einen Flug nach Beaufort West zu ergattern. Wenn ihm das gelang, war er vor Nina in Carnavon. Bisher verlief seine Fahrt die Küstenstraße entlang eher verhalten. Jetzt auf der Rückfahrt gab er richtig Gas. Bevor er zurück ins Gebäude des MI6 lief, brachte er die Maschine zurück zum Verleiher.

13

„Nun, Mister Smith, um es auf den Punkt zu bringen: Ich benötige einen Flug nach Beaufort West. Wenn möglich mit einem kleinen Flugzeug, damit ich nicht abspringen muss. Linienflüge dorthin gibt es leider keine."

„Ja, ich weiß, Peter. Was für eine Art Job haben Sie dort zu erledigen?"

„Ich bin ich nicht autorisiert, dazu Auskünfte zu erteilen."

„Merkwürdig. Ich leite doch hier die Niederlassung des MI6."

„Dann lassen Sie sich bitte von Simon Sharp informieren."

„Ja, ok, das werde ich machen. Ich kümmere mich jetzt sofort um eine Flugmöglichkeit für Sie. Finde ich Sie auf Ihrem Zimmer?"

„Ja, ich packe schon mal alles zusammen. Nur noch zur Info: Es eilt in meiner Angelegenheit und ich kann umgehend starten."

„Ja, ich weiß Bescheid. Ich versuche mein Bestes."

Peter hatte binnen weniger Minuten alle seine persönlichen Dinge in seine Reisetasche gepackt. Doch er war nicht wirklich bei der Sache. Es war völlig ungewöhnlich, dass er zum Inhalt seiner Aufträge durch Mitarbeiter des MI 6 befragt wurde. Stand Smith etwa auf der Gehaltsliste des Khans? Drohte ihm von dieser Seite Gefahr, die seinen Einsatz gefährden konnte? Er beschloss, sofort zu handeln. Umgehend nahm er seine Tasche und verließ das Zimmer. Gegenüber dem Gebäude des MI6 lag ein kleiner Park. Peter setzte sich auf eine Bank und ließ sein Handy arbeiten. Sekunden später hatte er den

Mann am Apparat, der jetzt als einziger helfen konnte.

„Hallo, Peter, was verschafft mir die Ehre Ihres Anrufes?"
„Hallo, Mister Sharp, ich habe, wie ich glaube ein kleines Problem."
Ohne Umschweife berichtete Peter von seinen Ermittlungen und dem etwas merkwürdigen Gespräch mit Timothy Smith.
„Das geht überhaupt nicht! Es könnte in der Tat sein, dass der Khan auch seine Finger in Kapstadt im Spiel hat und sich wichtige Menschen mit Geld gefügig macht. Ich möchte Smith ganz sicher nichts unterstellen. Doch ich lasse ihn vorsorglich sofort vom Dienst suspendieren. Ich gebe Ihnen parallel die Telefonnummer einer Tierauffangstation, die wir mit viel Geld für verschiedene Projekte unterstützen. Diese beschäftigt zwei Piloten und besitzt auch entsprechendes Fluggerät. Rufen Sie dort an und sagen Sie dem Leiter Mister Borgeous, dass das Nashorn in Kürze kalbt. Dann wird er mich anrufen und um Instruktionen bitten."
„Ok, Sir. Ich bleibe am Ball."
„Sehr gut. Viel Glück."
„Danke Sir, das kann ich gut gebrauchen."

Noch am gleichen Abend holperte Peter mit einem erfahrenen Buschpiloten in dessen einmotoriger Piper über die unbefestigte Piste der tiefstehenden Sonne entgegen. Nach einem längeren Startvorgang hob der kleine Himmelhopser endlich ab. Drei Stunden Flugzeit lagen jetzt vor ihnen. Der Pilot verlor nicht viele Worte, was Peter dazu animierte, einfach ein wenig zu schlafen. Die Landung der Piper auf der kleinen Piste der Tierstation konnte man schlicht als atemberaubend bezeichnen. Rechts und links der Landebahn brannten lediglich ein paar Pechfackeln, die das Szenario ausleuchteten. Doch so wie es schien, hätte man dem Piloten auch die Augen verbinden können. Mit stoischer Ruhe setzte er die Maschine auf der Grasnarbe auf und ließ sie mit schlafwandlerischer Sicherheit unversehrt ausrollen. Peter verabschiedete sich von seinem Luftchauffeur. Er zog seine Tasche hinter dem Sitz hervor und trottete dem kleinen Ort entgegen.

Obwohl es nicht ungefährlich war, sich nachts als Ausländer in dieser Gegend herumzutreiben, fühlte sich Peter sicher. Für den Notfall trug er sein SIG 226 unter seinem Leinenhemd. Gerade als er in ein Taxi steigen wollte, wurde er auf ein Bed and Breakfast Hotel aufmerksam, dass einen sauberen Eindruck hinterließ. Peter mietete sich unter falschem Namen dort für eine Woche ein. Das Betreiberehepaar entpuppte sich als sehr gesellig und gastfreundlich. Sogleich luden sie Peter zum Abendessen ein. Auf der Terrasse des kleinen Hauses ließ es sich angenehm sitzen und die Küche der Hausfrau war einfach genial. Doch gegen 23 Uhr endete jäh ihre Miniparty. Ein offener Militärgeländewagen raste heran. Vier schwer bewaffnete Männer sprangen von der Ladefläche und stürzten auf das kleine Gästehaus zu. Zwei der Männer schnappten sich die Ehefrau des Gastgebers und hielten sie fest. Mit ihren gierigen Händen betatschten sie die Frau an ihren Brüsten und sogar unter ihren Rock. Peter musste an sich halten, damit er nicht eingriff. Doch er durfte sich keinesfalls zu erkennen geben.

„Wo sind die tausend Rand, die du dem Khan schuldest, Benito?"

„Ich habe keine tausend Rand. Sagt das dem Khan. Ich habe sie heute nicht und auch nicht morgen."

„Dann besorg sie dir, Arschloch. Wir werden jetzt ein wenig mit deiner Kleinen spielen, bis du uns eine Anzahlung auf den Tisch legst."

Benito begann zu schluchzen. Tatenlos mit einem Gewehrlauf im Nacken saß er da und musste zuschauen, wie zwei von Khans Männern seiner Frau die Kleider vom Leib rissen, um sie zu vergewaltigen.

„Hört auf, hier sind zweihundert Rand als Anzahlung. Den Rest bekommt ihr nächste Woche", schrie Peter,

dem der Anblick der unschuldigen Frau, die jetzt geschändet werden sollte, zuwider war.

„Oh, ein echter Menschenfreund. Ok, lasst sie los. Wir kommen wieder genau in einer Woche. Wenn du dann die Kohle nicht hast, schneiden wir dir als Erstes die Eier ab, Benito. Dann sind nur noch wir für deine Frau zuständig. Los, wir hauen ab."

Mit festem Griff schnappte sich der Anführer das Geld und steckte es in seine Hemdtasche. So rasch sie gekommen waren, so schnell verschwanden die Männer auch wieder. Eine lähmende Stille lag über der kleinen Terrasse. Niemand sprach ein Wort, bis Benito die Stille brach.

„Danke, Sir, ohne Sie wäre hier ein Unglück geschehen."

„Ist alles gut. Aber wer sind diese Leute?"

„Das sind Männer des Khans. Er beherrscht hier alles und jeden. In jeder kriminellen Aktion stecken seine Hände drin. Wir wissen alle nicht mehr weiter. Er saugt uns völlig aus. Wenn du nicht zahlen kannst, wirst du verprügelt und deine Familie geschändet. Dann nehmen sie dir dein Haus weg und jagen dich von hier fort."

„Und was macht die Polizei?"

„Die schmiert der Khan oder schüchtert sie ein, indem er ihre Familien bedroht."

„Was für ein freundlicher Mensch!"

„Sie bekommen die 200 Rand selbstverständlich von uns zurück."

„Lassen Sie mal stecken. Wir verrechnen den Betrag mit meiner Zimmerrechnung."

Peter war nach diesem Vorfall bedient, aber auch gewarnt und informiert, dass dieser Khan hier genauso sein Unwesen trieb wie auch in Thailand. Eigentlich stellte Ninas Ansinnen, den Khan zu töten, einen wirklichen Dienst an der Menschheit dar. Doch die Beweggründe, sie von ihrem Vorhaben abzubringen, wurden ihm von seinem Chef erläutert und er wusste Bescheid. Also musste er versuchen, Nina zu stoppen, auch wenn es ihm schwerfiel. Peter legte sich nur mit seinem Slip bekleidet auf sein Bett und schloss die Augen. Er fühlte sich hundemüde. Doch er schlief einfach nicht ein. Als gegen 07:00 Uhr sein Handy zum Aufstehen mahnte, lag seine Schlafleistung höchstens bei drei Stunden. Entsprechend gerädert erhob er sich und verließ sein Bett. Nach der Dusche, zwei Bechern Kaffee und zwei Brötchen mit Orangenmarmelade fühlte er sich fit für den Tag. Er verließ seine Herberge und schaute sich nach einer Autovermietung um. In der City der Kleinstadt fand er einen Anbieter, der einen Range Rover zur Miete anbot, der einen soliden Eindruck hinterließ. Peter fuhr den SUV Probe und zeigte sich zufrieden mit dem Zustand. Um keine Zeit zu verlieren, fuhr er gleich zu seiner Herberge, packte seine Sachen zusammen und startete in einen ungewissen Auftrag.

14

Er hatte Glück, dass die Straße in Richtung Carnarvon recht gut befestigt war, auch wenn sein Gefährt häufiger in den Federn ächzte. Nach vierstündiger Fahrt und zwei kurzen Pausen erreichte er das gottverlassene Kaff. Er parkte den Range Rover unter einem großen Affenbrotbaum und stieg aus. Peter streckte und reckte sich erst einmal. Mit einem kräftigen Schluck Wasser aus der Flasche spülte er sich den Staub aus dem Hals. Er nahm seine Reisetasche aus dem Gepäckfach und lief suchend nach einer Übernachtungsmöglichkeit die Hauptstraße entlang. Die beiden Hotels, die er fand, stammten alle ganz sicher noch aus der Kolonialzeit. Da niemand den Objekten mal einen Pinsel oder sonstiges Werkzeug gezeigt hatte, war der Zustand entsprechend. Peter verließ die Hauptstraße und bog rechts davon ab. Nachdem er ein Stück gelaufen war, wurde der Zustand der Häuser in der Straße besser. Ihre Einwohner legten hier offensichtlich mehr Wert auf Wohnkultur. Weiß gekälkte Mauern und Häuserwände wirkten einladend. Sehr bald erreichte er eine kleine Straße, die nach rechts von der Hauptstraße wegführte. Ein alter grüner Land Rover weckte seine Aufmerksamkeit, der rechts vor einem kleinen Haus parkte. Peter gab das Kennzeichen in sein Handy ein und lief weiter. Er benötigte jetzt eine Übernachtungsmöglichkeit. Lange würde es nicht mehr dauern, bis es hier stockdunkel war. Am Ende der Straße fand er ein kleines, schneeweiß gekälktes Hostal, das ihm gleich zusagte. Langsam drückte er den Türgriff herunter. Ohne Hast betrat er die Herberge. Eine attraktive farbige Frau saß hinter der winzigen Rezeption. Überrascht schaute sie Peter an.

„Hallo, junger Mann, was kann ich für Sie tun?"
„Nun, ich denke, das hier ist ein Hostal. Ich suche eine Übernachtungsmöglichkeit für eine Woche. Oder komme ich ungelegen?"
„Ungelegen? Nein, keinesfalls. Hier hat schon seit langer Zeit niemand mehr nach einem Zimmer gefragt. Die Zeiten, als Carnarvon als Ausgangspunkt für Safaris in die Wildparks in der Umgebung bevorzugt gebucht wurde, sind lange vorüber."
„Das ist jammerschade. Die Natur hier ist einzigartig, egal ob man die Flora oder die Fauna anschauen möchte."
„Sie scheinen sich ja auszukennen. Für eine Woche sagten Sie, möchten Sie buchen?"
„Ja, genau."

„Mit Frühstück?“

„Wenn möglich ja.“

„Es ist möglich. Sind Sie für die Woche mit 50 Pfund inklusive Frühstück einverstanden?“

„Ich gebe Ihnen 80 Pfund, wenn das Zimmer sauber, dass Wasser zum Duschen warm und das Frühstück genießbar ist. Einverstanden?“

Die Frau musste lachen.

„Keine Sorge, wir bemühen uns hier sehr um unsere Gäste, wenn dann mal endlich wieder einer vorbeischaut.“

Peter fand ein sehr sauberes und mit viel Liebe eingerichtetes Zimmer vor. Bettzeug und Handtücher dufteten nach Waschpulver. Die Toilette wie auch die Dusche und das Waschbecken sahen aus wie gerade neu eingebaut. Peter verstaute seine wenigen Habseligkeiten im weißen Kleiderschrank. Die Körperpflegeartikel stellte er ins Bad. Langsam ging er die Treppe zur Rezeption hinunter.

„Ich nehme das Zimmer. Es gefällt mir.“

„Das freut mich zu hören. Leider muss ich um Vorkasse bitten. Hier verschwinden immer wieder Menschen auf nimmer wiedersehen und ich bleibe dann auf der unbezahlten Rechnung sitzen.“

„Kein Problem. Hier sind 80 Pfund.“

„Danke schön, wir können wirklich jeden Cent gut gebrauchen. Darf ich Ihnen noch ein paar

Verhaltensregeln mit auf den Weg geben, die Ihr Überleben hier begünstigen."

„Ja, gern. Vielleicht bleibe ich noch eine Woche länger und das ist natürlich lebend schöner als tot."

Die Frau begann heftig zu lachen.

„Sind Sie beruflich oder privat hier? Ich heiße übrigens Maria."

„Peter ist mein Name. Die einen sagen so, die anderen so."

„Ich sehe schon, Sie möchten nicht darüber reden. Macht nichts. Wir müssen noch Ihre Anmeldung ausfüllen. Der Khan ist mehr dahinter her als unsere Behörden. Er versucht abzuschätzen, wer ihm gefährlich werden könnte und wer einfach nur privat hier ist."

„Also wegen mir brauchst du kein Formular auszufüllen."

„Ok, dann habe ich dich nie hier gesehen."

„Ein wirklich guter Vorschlag. Was wolltest du mir für Ratschläge geben?"

„Wenn du abends nicht unbedingt auf die Straße musst, bleib besser hier. Du kannst die Kühle und die Ruhe des südafrikanischen Abends auch in unserem Garten genießen. Hier gibt es keine Schlangen und keine Skorpione dank Mary-Jane und Timothy."

„Hört sich nach einem eingespielten Katzenduo an."

„Ja, genau so ist es. Wenn dich die Männer des Khans nachts auf der Straße erwischen, werden sie *dich schlagen und misshandeln, und wenn sie mal wieder betrunken sind, dich eventuell sogar töten. Die Söldner sind unberechenbar. Wenn sie in der Dunkelheit eine Frau aufgreifen, wird sie nach Strich und Faden vergewaltigt. Auch hier gilt: Je nachdem wie die Typen drauf sind, lassen sie dich halb tot auf der Straße liegen oder sie legen dich einfach um und werfen dich in der freien Wildbahn den Raubtieren zum Fraß vor. Sie fahren in offenen Geländewagen zu sechs Mann durch die Straßen. Vier Männer sitzen hinter auf der Ladefläche mit einem schweren MG auf Lafette. Vorn sitzen dann noch der Fahrer und ein Offizier. Sie halten sich für Soldaten, tragen Dienstgrade und sie sind gedrillt. Leg dich nicht mit ihnen an. Wenn sie betrunken sind, ist es ganz schlimm. Ihre Brutalität ist einfach grenzenlos."*

„Ist ja eine nette Gegend hier."

„Komm heute Abend zum Essen runter. So gegen 21:30 Uhr. Ist dir das recht? Dann ist es auch schon viel kühler. Du bist ohnehin der einzige Gast. Dann können wir auch zusammen zu Abend essen."

„Ja gern, Maria, ich lade dich dazu ein. Dann bis nachher."

Obwohl es bereits zu dämmern begann, was in diesen Breitengraden schon ziemlich früh der Fall war, verließ Peter seine Herberge. Mit schnellen Schritten bewegte er sich der kleinen Straße entgegen, in der er den grünen Range Rover gesehen hatte. Er bog in die Gasse ein. Langsam lief er auf den betagten SUV zu. Dabei ging er so nah an der Häuserwand entlang, dass man ihn vom Fenster aus, das über dem Rover lag, nicht sehen konnte. Als er mit dem Geländewagen auf gleicher höher war, hielt er unbemerkt seine Handykamera in den Fahrgastraum. Ohne wirklich stehen zu bleiben, lief er weiter. An der nächsten Abzweigung bog er links ab. Die dort erreichte Straße war breiter und größer. Kleine Geschäfte boten links und rechts der Fahrbahn ihre wenigen Produkte feil. Peter fand ein kleines Kaffeehaus, dass einen sauberen Eindruck hinterließ, und trat ein. Er suchte sich von vier Tischchen das strategisch am günstigsten gelegene aus und nahm Platz. Er bestellte einen Kaffee und schaute sich die eben geschossenen Fotos an. Bis auf den Fahrersitz war der Fahrgastraum des SUVs völlig ausgeräumt. Ein deutliches Zeichen dafür, dass jemand viel Raum zum Transport für alle möglichen, größeren Gegenstände benötigte. Warum also nicht für ein Arsenal an Waffen, Munition und Sprengmitteln. Doch war es wirklich Ninas Wagen? Hatte sie in diesem Haus, das nicht als Herberge gekennzeichnet war, ein Zimmer genommen? Entpuppte sich der Eigentümer des Hauses gar als Komplize? Fragen über Fragen, die er nicht beantworten konnte, was ihn ärgerte. Er beschloss, in seine Trickkiste zu greifen, zahlte seinen Kaffee, den er hastig ausschlürfte und verließ das kleine Kaffeehaus.

Peter schlenderte die Straße entlang seiner Herberge entgegen, als er in der Ferne einen khakifarbenen Geländewagen mit sechs Mann besetzt auf sich zurasen sah. Sofort sprang er von der Straße in einen Hauseingang hinein, der in einen geschmackvoll gestalteten Hinterhof führte. Kinder spielten hier in einem kleinen Sandkasten. Zwei jüngere Frauen backten im Freien hauchdünnes Fladenbrot. Sie lächelten ihm eher verhalten zu. Ganz sicher ahnten sie, warum er in den Hauseingang gesprungen war. Draußen brummte der schwere Militärwagen an der Haustüre vorüber. Er hatte Glück gehabt. Wenn die Männer des Khans ihn hier fanden, war das ganz sicher sein Todesurteil. Als die Luft rein war, winkte er kurz und trat zurück auf die Straße, die menschenleer vor ihm lag. Er beeilte sich, das Hostal zu erreichen.

15

Peter lief die wenigen Stufen hoch. Vor seiner Zimmertüre blieb er stehen und prüfte kurz, ob jemand sein Zimmer ungebeten betreten hatte. Doch dem war nicht so. Er betrat den Raum und griff sich seine Reisetasche, die selbst in leeren Zustand immer noch einiges an Gewicht auf die Waage brachte. Peter öffnete den doppelten Boden der Tasche und entnahm diesem eine absolute Minikamera, die selbst in völliger Dunkelheit noch brauchbare Fotos lieferte, sowie einen winzigen GPS-Sender, den er an dem grünen Range Rover anbringen wollte. Beides versteckte er in seiner Nachttischschublade. Zum guten Schluss machte er sich noch etwas frisch. Als er den hübsch angelegten Garten betrat, wurde er gleich von Mary-Jane und Timothy in Augenschein genommen.

„Ich habe dort vorn für uns eingedeckt."

Maria stand plötzlich hinter ihm. Sie hatte sich leise auf ihren ledernen Zehensandalen in den Garten bewegt. Die vollschlanke, äußerst attraktive Afrikanerin trug ein smaragdgrünes mit goldenen Applikationen versehenes, bodenlanges Kleid, das ihr wie auf den Leib geschneidert wirkte.

„Ein sehr geschmackvoll eingedeckter Tisch."

„Danke für das Kompliment, Peter. Früher hatten wir hier jeden Abend das Restaurant bis auf den letzten Platz voll besetzt. Mein Mann war ein begnadeter Koch. Er zauberte aus allen Zutaten, und wenn sie noch so einfach waren, die tollsten Menüs. Unsere Gäste waren jedes Mal begeistert und kamen immer wieder. Das Gleiche galt für unsere Hausgäste. Unsere acht Zimmer waren ständig gut gebucht."

„Was ist geschehen?"

„Irgendwann stand dieser Khan mit seinem Gefolge in der Türe und wollte, unserem guten Ruf folgend, bei uns speisen. Mein Mann gab ihm zu verstehen, dass er sich anmelden müsse, um einen Tisch zu bekommen. Der Mann asiatischer Herkunft war uns bis dato völlig unbekannt. Während der Khan beiseitetrat und seine Hand hob, stürmten mehrere schwerbewaffnete Paramilitärs herein und schossen wild um sich. Mein Mann sowie acht Gäste starben im Kugelhagel. Ich habe dann nach einiger Zeit versucht, allein weiterzumachen. Doch unsere Stammgäste wie auch die kleinen Reisegruppen blieben aus. Jetzt stehe ich kurz vor der Insolvenz. Aber wir wollen uns heute Abend die Stimmung nicht verderben. Setz dich einfach an den Tisch und lass dich von mir verwöhnen. Ich koche zwar nicht so gut wie Steven, aber es wird dir sicher schmecken."

Peter war begeistert vom Menü, das Maria auftischte. Der im Kräutersud gedünstete Fisch mit den Hirsekroketten war bereits ein absolutes Highlight. Doch der Hit war die geschmorte Springbockkeule in Rotweinsauce. Er wollte sich überhaupt nicht ausmalen, wie erst Marias Mann gekocht haben muss. Sie verzichteten auf Dessert. Maria servierte Espresso und einen guten alten

Cognac dazu. Peter half ihr, das Geschirr in die Küche zu tragen, was ihr mehr als imponierte.

„Du bist wegen des Khans hier, ist es so?"

„Ich kann dazu nichts sagen, Maria."

„Du darfst dazu nichts sagen. Aber egal. Wenn dieser Verbrecher hier weg wäre, würde die ganze Umgebung wieder neuen Auftrieb bekommen und irgendwie wäre Steven nicht umsonst gestorben. Wenn du ihn töten solltest, stoß ihm von mir noch einen Dolch extra in seinen schäbigen Leib."

Peter setzte sich lächelnd in seinem Stuhl zurück und blieb stumm. Als sich die Nacht tiefschwarz über Südafrika ausbreitete und das Firmament von Millionen kleiner Sterne erhellt wurde, verließ Peter still die Herberge. Maria stand hinter der Gardine und beobachtete, wie er von der Dunkelheit der Nacht verschluckt wurde, als er um die Ecke bog.

Schnell bewegte sich Peter dem Haus entgegen, vor dem der grüne Range Rover parkte. Schon von weitem konnte er erkennen, dass sich jemand an dem Fahrzeug zu schaffen machte. Aus der Entfernung könnte es sich um eine junge Frau handeln, ging ihm durch den Kopf. Als die Hecktüre des Geländewagens geschlossen wurde und auch das Licht im Haus verlosch, pirschte sich Peter näher heran. Er wechselte die Straßenseite und drückte die winzige Kamera mit dem stecknadelkopfgroßen

Kugelkopf, der den Minisucher steuerte in eine Fuge des alten Steinhauses genau dem Rover gegenüber. Ganz schnell tauchte er wieder in die Dunkelheit der anderen Straßenseite ab. Den magnetischen GPS-Sender schob er in den linken vorderen Radkasten. Er machte noch ein Foto des Kennzeichens des Geländewagens, bevor er zurück zu seiner Herberge ging. Plötzlich vernahm er die typisch peitschenden Geräusche von Gewehrsalven aus einer automatischen Waffe. Weit entfernt konnte die Herkunft der Schussgeräusche nicht liegen. Peter nutzte die Schatten der Nacht. So rasch es ihm möglich war, huschte er von Hauseingang zu Hauseingang dem Ende der kleinen Straße und damit der Wegkreuzung entgegen. Was er dann allerdings sah, ließ ihm den Atem stocken. Keine zweihundert Meter von der Einmündung auf die Hauptstraße entfernt stand ein Militärfahrzeug des Khans. Der Motor lief noch. Die Scheinwerfer erhellten das schaurige Szenario. Alle sechs Insassen lagen fachgerecht hingerichtet in ihren Sitzen. Blut tropfte in nicht unerheblicher Menge aus einer Ritze am Heck auf die Straße. Peter konnte noch gerade erkennen, wie ein graziler Körper mit einer Waffe in der Hand davonlief. War das Nina? Hatte sie damit den Kampf gegen den Khan und seine Leute eröffnet? Falls ja, hatte sie die erste Schlacht gewonnen. Doch der Ausgang des ganz sicher folgenden Kriegs war noch völlig offen und ob Nina wirklich eine Chance fand, den Khan auszuschalten, stand ebenfalls in den Sternen.

Da hier an diesem Ort sicher in wenigen Minuten die Hölle losbrach, verschwand Peter genauso unerkannt, wie er ihn erreicht hatte. Als er sein Hostal betrat, saß Maria hinter dem Counter und las Zeitung.

„N´ Abend, Peter. Bist ja doch noch mal rausgegangen. Meine Warnungen hast du auch in den Wind geschrieben. Es hat fürchterlich gekracht da draußen. Ich hörte einen Schusswechsel. Hast du da deine Finger im Spiel gehabt?"

„Hallo, Maria. Nein, ich wollte mir nur ein wenig die Füße vertreten. Auf dem Weg hierher zurück sah ich dann, was geschehen war. Irgendjemand hat einer kompletten Patrouille des Khans die Lebenslichter ausgepustet. Es war ein furchtbarer Anblick. Hier wird es gleich sicher nur so vor Polizei wimmeln."

„Muss nicht sein. Je nachdem, wer bei der Polizei gerade Dienst hat, wird den Überfall kurz aufnehmen und das Fahrzeug sowie die Leichen ins Polizei-Headquarter abtransportieren lassen. Wenn jedoch einer der diensthabenden Polizisten auf der Gehaltsliste des Khans steht, wird er Ribcord informieren, der dann persönlich mit seinen Leuten hier erscheinen wird."

„Wer ist Ribcord?"

„Die rechte und die linke Hand des Khans. Ein äußerst brutaler Zeitgenosse niederländischer Abstammung. Ehemaliger Söldner. Wo der auftaucht, fließt Blut. Er wird die Häuser hier durchsuchen und wieder eine Menge Leid über die Menschen, die hier leben, bringen."

„Heißt im Umkehrschluss, wenn dieser Ribcord hier auftaucht, macht es Sinn, nicht anwesend zu sein."

„Besser hätte ich es nicht formulieren können."

„Ok, warten wir es ab."

„Du kannst über das Dach verschwinden. Von hier aus gelangst du über das Dach des Nachbarhauses zwei Straßen weiter. Das sollte als Fluchtpunkt reichen."

„Danke dir, Maria."

„Keine Ursache. Ich möchte doch, dass du noch lange hier speist und trinkst. Schließlich bist du meine beste und überhaupt einzige Einnahmequelle."

Maria lachte Peter an. Auch er musste grinsen. Leider lag in der Aussage seiner Vermieterin eine Menge Wahrheit.

16

Peter legte sich komplett angezogen auf sein Bett. Er war bereit, sich im Alarmfall sofort durchs Fenster abzusetzen. Doch es blieb völlig ruhig. Wie es schien, hatte die örtliche Polizei den Fall übernommen und handelte entsprechend ihren Vorschriften. Peter kontrollierte derweil mehrfach die Kamera über sein Handy und über eine App das GPS, ob der Range eventuell davongefahren war. Doch nichts dergleichen war geschehen. Er nahm Kontakt zum Zentralrechner des MI6 auf, um über dessen gewaltigen Datenspeicher den Eigner des SUVs zu ermitteln, was ihm tatsächlich sogar hier in Südafrika gelang. Der Wagen gehörte Roger Hunt, einem Immobilienkaufmann in Kapstadt, der ursprünglich aus Schottland stammte und mit Nina Brennan verwandt war. Endlich hatte Peter eine erste Spur gefunden, die ihn wirklich voranbrachte. Wenig später schlief er ein.

Ein einzelner Sonnenstrahl, der zwischen den luftigen Gardinen hindurch in sein Zimmer eingedrungen war, kitzelte so lange seine Nase, bis er erwachte. Wie gerädert erhob er sich. Ein Blick in den Spiegel verriet ihm, dass die Nacht kurz und wenig erholsam war. Nach dem Duschen ließ er sich ein kleines Frühstück von Maria servieren.

„Sag mal, Maria, ich suche zur Miete einen geländegängigen Wagen. Kennst du einen zuverlässigen Vermieter?"

„Ja, Peter, mein Schwager N´Gambo. Seine Autovermietung liegt nur zwei Straßen weit von hier entfernt. Soll ich ihn für dich anrufen?"

„Gern. Sag ihm bitte, dass ich einen SUV benötige, der nicht gleich nach fünfzig Kilometern schlapp macht und das für eine Woche. Ich zahle bar und im Voraus."

„Das könnte meinem Schwager gefallen. Er ist genauso wie ich beinahe am Ende. Ich rufe ihn an."

„Sehr gut. Ich möchte den Wagen gleich abholen."

„Wird erledigt, Chef. Ich sag ihm Bescheid."

Peter trank noch seine Tasse Kaffee leer, bevor er seine Tasche packte. Er war bereit.

Der Toyota Land Cruiser hinterließ einen soliden Eindruck. Peter mietete ihn für eine Woche. Bevor er vom Hof des Vermieters fuhr, schaute er auf sein Handy. Der Schrecken fuhr ihm in die Glieder, als er sah, dass der Range Rover nicht mehr vor dem Haus parkte. Das konnte nur bedeuten, dass Nina zu ihrem Rachefeldzug aufgebrochen war. Wenn ihn seine Informationen nicht im Stich ließen, lag die Lodge des Khans etwa eine knappe Autostunde von Carnarvon entfernt in westlicher Richtung. Recht schnell fand er die neu asphaltierte Piste, die offensichtlich zum Anwesen des Clanführers führte und sich nur deshalb in so hervorragendem Zustand befand. Je näher Peter auf die Lodge des Kahns zufuhr, desto häufiger standen rechts und links der Straße Kontrollposten, die sich willkürlich Fahrzeuge aus der Autoschlange herauspickten und filzten. Dass es dabei stets um Bakschisch ging, davon war von auszugehen. Dann traf es auch Peter. Zwei uniformierte Männer winkten mit ihren Kalaschnikows und zwangen Peter zum Anhalten.

„He, Blödmann, wo fährst du hin und was machst du hier?"

„Ich bin IT-Spezialist und soll in der EDV des Khans nach Sicherheitslücken im System suchen und diese schließen."

„Aha, du kommst mir irgendwie bekannt vor, Blödmann. Woher kenne ich dich?"

„Ich bin letzte Woche schon einmal hier gewesen."

„Nein, von woanders her glaube ich."

„Das kann aber nicht sein. Ich komme extra aus England hierher, um die Sicherheitslücke zu finden und zu stopfen."

„Dann fahr weiter. Aber hüte dich, wenn du uns hier einen Bären aufgebunden hast."

„Sehe ich aus wie ein Zirkusdompteur?"

„Ach, hau ab, Arschloch."

Peter legte sofort den ersten Gang ein und beeilte sich, von der Kontrollstation wegzukommen. Tatsächlich war er dem Wachmann bereits in Thailand begegnet, der auch ihn erkannt hatte.

Sollten dessen Erinnerungsvermögen zurückkehren, konnte es verdammt gefährlich für ihn werden. Peter gab Gas und schon bald war er aus dem Tal heraus. Mit etwas mehr Geschwindigkeit erklomm er den Hügel, auf dem die gewaltige Lodge des Khans wie eine maurische Festung thronte. Peter wäre gern rechts rangefahren, um sich das Objekt einmal in Ruhe ansehen zu können. Doch dies war hier überall verboten. Sobald ein Fahrzeug die Fahrbahn verließ, raste sofort ein Militärfahrzeug heran, um nach dem Rechten zu sehen. Er nahm sich vor, hier erneut zu erscheinen, wenn es Nacht geworden war. Doch auch in der Dunkelheit wurde hier streng kontrolliert. Der Khan sorgte sich offensichtlich sehr um seine Gesundheit und vor allem um sein Leben.

Peter drosselte seine Geschwindigkeit bis auf ein Minimum, damit nicht auffiel, dass er spionierte. Plötzlich nahm Peter den dunkelgrünen Range Rover wahr, der ebenfalls mit kleinstem Speed um die Burg des Khans herumfuhr. Nina befand sich also auch auf dem Kriegspfad. Sie schien genauso wie er die Lage zu sondieren. Peter dachte kurz darüber nach, eine Drohne loszuschicken. Doch es war davon auszugehen, dass der Khan über einen technisch hochgerüsteten Sicherheitsdienst verfügte, der eine solche Bedrohung rasch vom Himmel holte. Außerdem waren die Sicherheitskräfte dann vorgewarnt, dass ein Angriff bevorstand. Peter hatte erst einmal genug gesehen, obwohl er mit den neu gewonnenen Erkenntnissen nicht wirklich viel anfangen konnte. Nun war es auch nicht sein Job, in die heiligen Hallen des Khans einzudringen, sondern Nina von ihrem Vorhaben abzubringen. Leider auch im schlimmsten Fall unter Einsatz von Gewalt. Peter war für wenige Augenblicke unaufmerksam gewesen und hatte übersehen, dass ihm ein Militärfahrzeug folgte. Ob dieser Blödmann von Wachmann ihn tatsächlich wiedererkannt hatte? Peter verließ zur Vorsicht die Zufahrt zur Lodge. Er schien Glück zu haben. Der offene sechssitzige Militärjeep mit dem schweren MG auf Lafette fuhr weiter geradeaus.

Doch verdammt, wo war Nina abgeblieben? Er konnte den Range Rover nirgendwo ausmachen. Peter beschloss, zurück zu seiner Unterkunft zu fahren. Je nachdem musste er diesen Roger Hunt zur Rede stellen, der über den Verbleib von Nina sicher etwas wissen sollte. Müde warf sich Peter auf sein Bett. Er dachte angestrengt darüber nach, wie er Nina nur stoppen konnte, ohne sie ausschalten zu müssen, als sein Handy erwachte.

„McCord?"

„Hallo, Peter, ich habe ein neues Mobiltelefon. Erschrecken Sie also nicht. Ihr Handy wurde nicht gehackt. Es gibt wichtige Neuigkeiten."

„Hallo, Mister Sharp. Ich habe Ihre neue Rufnummer übernommen. Was sind das für Neuigkeiten?"

„Der Präsident Südafrikas hat mit unserem Außenminister Kontakt aufgenommen und um dringende Amtshilfe ersucht. Dieser Khan versucht mit Gewalt und Korruption immer mehr Einfluss auf die Politik von Südafrika sowie dessen Wirtschaft zu nehmen. Dabei ist er keinesfalls zimperlich. Der Wirtschaftsminister kam zwei Tage, nachdem er mit dem Khan kontrovers über dessen Wirtschaftsgebaren debattiert hatte und ihm dabei untersagte, seine Drogengelder bei Immobiliengeschäften zu waschen, bei einem Autounfall ums Leben. Der Finanzminister hat im letzten Moment ein druckfertiges Gesetz, dass die Besteuerung von Immobiliengeschäften vorsieht, gecancelt, weil man seine Frau und die beiden Kinder entführt hatte. Hinterher rühmte sich der Khan, ihm seine Familie wohlbehalten aus den Fängen der Entführer befreit zu haben. Dabei wurden drei Männer getötet, die überhaupt nicht das Format besaßen, einen solchen Deal durchzuführen. Lange Rede, kurzer Sinn: Weil hochrangige Militärs sowie Beamte der Polizei auf der Gehaltsliste des Khans stehen, sind dem Präsidenten die Hände gebunden. Er kann nicht gegen den Khan vorgehen, weil dieser bereits im Vorfeld von jeglichen Aktionen gegen ihn über Ort, Zeit, Art und Ausmaß informiert wird und somit immerfort gewarnt ist."

„Und wie soll es jetzt weitergehen, Sir?"

„Das ist schnell erklärt, Peter. Finden Sie Nina Brennan. Erklären Sie ihr den Sachverhalt und verbünden Sie sich mit ihr. Sie kann damit zwei Fliegen mit einer Klappe schlagen. Außerdem sind die Chancen, den Khan zu töten mit Ihnen an ihrer Seite viel höher einzuschätzen. Bläuen Sie ihr das ein, Peter und geben Sie Gas. Laut mir vorliegenden Informationen verlässt der Khan übermorgen das Land. Er fährt mit seiner Frau auf seinem Schiff Richtung Südsee. Seine Yacht ist ursprünglich als Zerstörer für die russische Flotte konzipiert worden. Das Kampfschiff besitzt die Aufbauten einer Luxusyacht. Allerdings sollen noch alle Flugabwehr- wie auch Wasserbombensysteme vorhanden sein. Ob die Yacht über Marschflugkörper verfügt, ist nicht bekannt. Die Besatzung besteht aus etwa zweihundert Frauen und Männer. Ich vermute, dass der Khan nicht zimperlich vorgehen wird, wenn sein Schiff ins Visier eines Angreifers gerät. Also, Peter, wenn ihr den Khan nicht an Land zur Strecke bringen könnt, dann gibt es noch eine Alternative zu Wasser, die jedoch nicht minder leicht sein dürfte. Wenn Sie Spezialausrüstung benötigen, rufen Sie mich schnellstens an."

„Nun, Sir, meine Sorgenfalten wurden jetzt nicht gerade kleiner."

„Das glaube ich Ihnen gern. Wenn Sie zur Einsicht gelangen, den Fall nicht lösen zu können, brechen Sie alle Aktionen ab."

„Ja, Sir, ich muss jetzt erst einmal Nina finden. Den Zeitplan mit übermorgen bekommen wir ganz sicher nicht hin. Ich melde mich."

17

Peter legte sich für einen Moment zurück auf sein Bett. Er musste nachdenken. Wie sollte er jetzt weiter vorgehen? Fünf Minuten später hatte er seine Gedanken geordnet und im Kopf einen Plan entworfen, wie er weiter vorgehen könnte. Er fuhr mit seinem Geländewagen zu der Anschrift, wo er Ninas Wagen abgestellt vorgefunden hatte und klingelte an der Haustüre. Das wiederholte er mehrfach. Doch niemand öffnete ihm. Also doch Plan B dachte er und fuhr wieder zur Lodge des Khans. Schließlich hatte er dort Ninas SUV gesehen. Es begann bereits zu dämmern. Die Nacht war in dieser Gegend ein gefährlicher Gegner. Große Wildtiere kreuzten hier unvermittelt die Straße oder Straßenräuber hielten ein Fahrzeug an, kassierten ab oder raubten alles, was nach Verwertbarem aussah. Hatte man Glück, blieb man am Leben. Waren die Piraten schlecht drauf oder betrunken, jagten sie ihren Opfern ohne Skrupel ein Messer in den Hals.

Peter hatte seine 9mm SIG durchgeladen unter seiner Jacke auf dem Beifahrersitz griffbereit abgelegt. Er war fest entschlossen, im Fall eines Überfalls sofort zu schießen. Doch Peter hatte Glück. Außer einem Warzenschwein, dass seinen Weg in weiter Entfernung kreuzte, gab es keine Vorkommnisse.

Die Wachhäuser des Khans rechts und links der Straße waren hell erleuchtet. Schwer bewaffnete Mannschaften beobachteten argwöhnisch jedes vorbeifahrende Fahrzeug. Sein Vorteil war, dass sie während der Nachtstunden aus Sicherheitsgründen nicht kontrollierten. Dafür allerdings war die Zufahrt zur Lodge gesperrt. Auf diesem Weg gab es kein Durchkommen. Peter durchfuhr einmal den gewaltigen Kreisverkehr um die Lodge herum. Doch von Nina fand er nicht den Hauch einer Spur. Plan B scheint also auch nicht zu funktionieren, philosophierte er vor sich hin. Dann plötzlich erblickte er im Augenwinkel den grünen Range Rover. Hatte Nina hier ihr Auto abgestellt? Aber warum? Peter verließ, um kein Aufsehen zu erregen, an der nächsten Ausfahrt den Kreisverkehr. Vielleicht wurde Nina im Zuge einer Fahrzeugkontrolle willkürlich festgenommen. Er beschloss nachzuschauen.

Der Parkplatz an der Ausfallstraße lag nicht sehr weit von der Wachstube entfernt. Höchstens zwei Kilometer musste Peter zu Fuß zurücklegen. Allerdings war dies bei der Dunkelheit kein so leichtes Unterfangen. Hier gab es überall schwarze Mambas, die für ihre Aggressivität und für ihr tödliches Gift, das sie ihren Opfern applizierten, bekannt waren. Genauso wie diverse Skorpionarten, die ebenfalls einem Menschen den Garaus bereiten konnten. Peter nutzte jeden Baum und jeden Strauch als Sichtschutz, bis er das Wachhaus sehen konnte. Das Wachpersonal, zwei Frauen und ein Mann, bestand aus Asiaten. Vermutlich waren sie als Arbeitskräfte billiger als die Afrikaner. Der Khan traute offensichtlich außer seinen eigenen Landsleuten niemandem hier. Schon aus der Ferne vernahm Peter einen thailändischen Dialekt, von dem er kein Wort verstand. Es wurde eifrig debattiert. Sicher beratschlagten sie gerade, ob sie Nina nicht besser in die Lodge zur Vernehmung transportieren lassen sollten. Vorsichtig pirschte sich Peter von der Rückseite an das Wachlokal heran. Er fand einen Fensterausschnitt, der jedoch mit armdicken Eisenstangen vergittert war. Ein Blick ins Innere bestätigte seine Vorahnung. Drei winzige Arrestzellen, denen jedes Dixiklo alle Ehre machen würde, konnte er ausmachen. Die jeweiligen Seitenwände der Zellen bestanden aus Stahlplatten.

Vorder- und Rückseite waren aus den gleichen Stahlstreben von der Decke bis zum Boden gefertigt wie die Vergitterung des Fensterdurchlasses. Liegen war dem Delinquenten unmöglich. Lediglich sitzen auf dem Toiletteneimer oder aufrecht stehen war möglich. In der rechten Zelle erkannte Peter Nina, die völlig apathisch auf dem Eimer saß. Ihr war selbst auf die Distanz hin anzusehen, dass man sie wieder gefoltert hatte. Er sammelte ein Steinchen vom Boden auf und warf es gegen ihren Rücken. Nina zuckte nicht einmal. Peter versuchte es weiter. Beim fünften Steinchen drehte sie ihren Kopf herum. Peter erschrak. Ihre Lippen waren aufgeplatzt, ihre rechte Augenbraue stark geschwollen. Doch als sie ihn erkannte, lächelte sie. Peter legte sofort seinen Finger gegen seine Lippen. Ohne Worte zu verlieren, zog er seine Neunmillimeter unter seinem Hemd hervor. Nina nickte sogleich. Sie hatte verstanden. Mittels einer kleinen Astgabel ließ er sachte die SIG in ihre Hände gleiten. Sofort erwachte Nina aus ihrer Lethargie. Peter meinte sogar, einen freundlichen Glanz auf ihrem Gesicht zu erkennen.

Was dann jedoch geschah, hatte nichts mehr mit Freundlichkeit zu tun. Nina schrie mit einmal aus Leibeskräften. Sekunden später flog die Türe zum Arresttrakt des Wachlokals auf und die drei Wachleute standen im Türrahmen. Dann ließ Nina dreimal die SIG bellen. Peter ahnte, dass Nina ein Blutbad anrichten würde. Sofort rannte er zum Eingang des kleinen Gebäudes. Er riss die Türe auf und trat ein. Der Gestank von Pulver und Blut schlug ihm entgegen. Selbst an der Decke klebten noch Reste von Hirnmasse, Knochensplittern und Blutspritzern. Die Wucht beim Aufprall der Vollmantelgeschosse aus Peters Waffe hatten die drei Wachleute von den Beinen gerissen und ihre Köpfe in viele Teile zerspringen lassen. Der Anblick war keinesfalls etwas für Menschen mit leicht reizbaren Mägen. Peter griff sich den Schlüssel zu Ninas Zelle. Blitzschnell öffnete er das kleine Verlies und zog Nina heraus. Aus Vorsicht nahm er ihr dabei seine Waffe ab. Nina schien nicht fit zu sein. Lag es am Lärm, den die drei Schüsse verursacht hatten? Wurde sie mit Psychopharmaka gefügig gemacht? Peter griff nach ihrer linken Hand und zog sie ins Freie.

„Kannst du fahren?"

„Nein, ich glaube nicht. Ich brauche den Wagen nicht. Er ist uralt und fährt nicht mehr wirklich sauber."

„Ok, schaffst du es bis zu meinem Wagen? Er parkt dort hinten um die Ecke."

Nina nickte nur und folgte Peter im Laufschritt. Als sie zu torkeln begann, griff Peter zu und legte ihren schwachen Körper über seine Schulter. Wenig später verließen sie unbemerkt die Lodge Area. Peter steuerte so rasch es ging auf seine Herberge zu, wo sich Nina erst einmal ausruhen sollte. Nina war völlig weggetreten, als Peter den Cruiser auf einem Parkplatz etwas entfernt seiner Herberge abstellte. Er stieg aus und legte sich den schwachen Körper von Nina erneut über seine Schulter. Mit schnellen Schritten lief er zum Hostal. Maria hatte ihn bereits kommen sehen. Sie riss die Türe auf und ließ Peter eintreten. Sie erkannte sofort, dass mit den beiden etwas nicht stimmte. Sogleich griff sie sich Peters Zimmerschlüssel. Mit wenigen Schritten rannte sie die Treppe hoch und öffnete seine Zimmertüre. Peter legte Nina auf das zweite Bett. Maria nickte kurz und verschwand. Schon sehr bald klopfte sie an Peters Türe.

„Hier sind ein paar Flaschen Wasser. Außerdem habe ich dir eine Medizin von meiner Mutter mitgebracht. Sie ist Voodoo-Heilerin. Deine Freundin wurde mit Drogen behandelt und genau dagegen wirkt Mutters Medizin. Zwanzig Tropfen alle zwei Stunden und dein Baby ist morgen wieder ganz die Alte. Sag mal, das ist aber nicht ganz koscher, was ihr da treibt, oder?"

„Ich darf darüber nicht reden, Maria."

„Egal, wenn es uns allen dient, dann macht Nägel mit Köpfen."

„Keine Sorge, Maria, das wird schon."

18

Kurz vor zwei in der Nacht erwachte Nina. Zweimal hatte Peter ihr Tropfen von Marias Mutter eingeflößt. Wie es schien, erholte sie sich langsam.

„Na, Schlafmütze, geht es dir besser?"

„Ja, Peter, die Müdigkeit und der Schleier, den ich ständig vor den Augen hatte, sind fort. Jetzt muss ich erst einmal Pipi."

„Dann geh schnell, bevor es ein Unglück gibt."

„Sag mal, Peter, bist du nicht eigentlich hergekommen, um mich umzulegen?"

„Eigentlich schon. Aber das Gefüge hat sich völlig verändert."

„Wieso das?"

Peter erzählte, was er von Simon Sharp erfahren hatte und wie es jetzt weitergehen sollte.

„Soll das jetzt heißen, wir arbeiten wieder zusammen und legen dieses Schwein gemeinsam um?"

„Genau das soll es heißen."

„Ich weiß, wo das Schiff des Khans liegt. Ich bin mit meiner Yacht ganz in der Nähe des Schiffs herumgeschippert. Mehrfach hat die Besatzung Salven auf mich abgegeben. Aber nur, um mich zu vertreiben. Hätten die gewusst, wer da um sie herum cruist, sie hätten mich ganz sicher versenkt."

„Das glaube ich allerdings auch."

„Wie willst du weiter vorgehen, Peter?"

Daraufhin erläuterte Peter, wie er sich den Einsatz vorstellte.

„So könnte es klappen. Dann sprich schnell mit Sharp. Die Yacht soll in wenigen Tagen in Richtung Karibik auslaufen, wenn der Hafenmeister kein Seemannsgarn gesponnen hat."

„Und genau aus diesem Grund rufe ich Sharp jetzt an."

„Hallo, Peter, wenn Sie etwas in die Hand nehmen, geht es meist rasch voran. Das mag ich so an Ihnen."

„Wenn Sie das sagen, Sir."

„Um Ihre Ausrüstungswünsche erfüllen zu können, benötige ich etwas Zeit. Ich rufe Sie morgen früh an. Sicher weiß ich dann mehr. Bis dahin verhalten Sie sich ruhig und grüßen Sie Miss Brennan."

Gegen acht Uhr in der Früh erwachten Nina und Peter. Nina fühlte sich richtig gut. Gemeinsam suchten sie Maria im Garten auf, um zusammen zu frühstücken. Noch bevor sie die zweite Tasse Kaffee genießen konnten, summte Peters Handy. Maria erhob sich sofort und ließ Peter mit seinem Chef und Nina allein. Sie hatte es im Gefühl, dass hier etwas Großes anlief.

„Nun, Peter, die Situation ist vertrackt, aber keinesfalls hoffnungslos. Der Versorger HMS Tudor ist auf dem Weg nach Kapstadt. Die Tudor ist vollgepackt mit allen möglichen Ausrüstungs-gegenständen, Waffen, Munition und Verpflegung, die Sie für Ihren Einsatz gut gebrauchen können."

„Hört sich doch gut an, Sir. Ich stelle auf laut, damit Nina mithören kann."

„In Ordnung, Peter. Ein Problem, was wir allerdings haben, ist, dass die Tudor auf Grund ihrer Länge nur in größeren Häfen anlegen oder auf hoher See Ware verteilen kann."

„Das ist kein Problem, Sir. Wir fahren der Tudor mit meiner Birdy entgegen und nehmen alles an Bord, was wir so benötigen."

„Hallo, Miss Brennan. Ja, wenn Ihr Schiff das packt, wäre das eine echte Alternative."

„Natürlich packt sie das. Wir sind dann umgehend einsatzbereit und fahren der Yacht des Khans direkt entgegen."

„Ich kläre das mit der Admiralität und dem Käpitän der Tudor ab. Ich melde mich. Bis später."

Schon hatte der Chef des MI6 das Gespräch beendet. Jetzt liefen in London die Glasfaserkabel heiß.

Maria gesellte sich wieder zu ihnen.

„Egal, was ihr vorhabt, ich will es gar nicht wissen, hoffe aber, dass es gegen den Khan geht. Meine beste Freundin wurde gestern von einem Trupp Soldaten des Khans angehalten, aus ihrem Auto gezerrt, vergewaltigt und verprügelt. Sie liegt im Krankenhaus. Die Ärzte hoffen, dass sie durchkommt. Legt diesen Kerl um, bevor er noch mehr Unheil anrichtet."

„Ich werde alles daransetzen, ihn zu töten, Maria. Auch mir hat er mein Leben zerstört. Hier sieh nur, mir fehlen Finger und Zehen und Kinder kann ich auch keine mehr gebären oder stillen."

Maria sah die Tränen in Ninas Augen und nahm sie in ihre Arme. Dann begann Nina zu flüstern:

„Sei versichert, Maria, ich werde alle die Frauen und Männer rächen, denen dieses Schwein etwas angetan hat."

Nach dem Frühstück zogen sich Nina und Peter aus Sicherheitsgründen in ihr Zimmer zurück. Die Zeit der psychischen Qualen hatte begonnen. Nina wartete mit gesteigerter Sehnsucht auf den Rückruf von Simon Sharp.

„Sag mal, Peter, was geschieht eigentlich mit mir nach unserem Einsatz?"

„Da gibt es zwei Möglichkeiten: Entweder wirst du dann meine Frau, wir quittieren den Dienst und ziehen auf McCords Manor oder du gehst wieder allein deiner Wege, was ich jedoch nicht hoffe."

„Ach, Peter, was willst du mit einer Frau, die entstellt ist und dir keine Kinder schenken kann?"

„Na, sie lieben und achten und ein schönes Leben mit ihr führen."

„Du bist ein verrückter Kerl, Peter. Dafür habe ich dich sehr geliebt."

„Und jetzt, Nina?"

„Bin ich völlig leer in meinem Kopf. Nur ein Gedanke treibt mich noch an: Der Tod des Khans."

Peter war auf seinem Bett liegend eingenickt, während Nina in einer Zeitschrift las, als endlich sein Handy summte. Wie von einer Feder hochgeschossen sprang er aus dem Bett.

„McCord?"

„Hallo, Peter. Sharp hier. In Abstimmung mit der Admiralität und dem Kapitän der Tudor erhalten Sie jegliche Unterstützung für den Einsatz. Die Tudor hat sogar vier Highspeed Unterwasser-Scooter der neuesten Generation an Bord. Ihr Rendezvous mit der Tudor soll morgen 02:45 PM auf diesen Koordinaten stattfinden. Ihr Kennwort, dass ausschließlich per Lichtmorsezeichen verschickt werden darf, lautet Wasserfloh. Schaffen Sie das zeitlich?"

Peter schaute zu Nina rüber, die das Telefonat mitverfolgte und bereits die Koordinaten in ihr kleines GPS eingegeben hatte. Als das Ergebnis vorlag, nickte sie zustimmend.

„Ja, Sir, Nina sagt, wir schaffen das."

„Ok, ihr beiden. Good Luck."

„Das wird verdammt knapp, Peter. Aber wir schaffen das zeitlich. Wir müssen sofort los zum Strand Richtung Port Elisabeth und umgehend ablegen. Die Birdy liegt etwas außerhalb vor Anker. Proviant ist genug an Bord."

„Ja, habe ich schon gesehen."

„Dann lass uns starten."

Rasch warf Peter seine Sachen in die Reisetasche. Maria drückte er noch vierhundert Pfund für ihr Überleben in die Hand, bevor sie mit dem Land Cruiser Richtung Port Elisabeth losfuhren. Ein paar Tränen liefen der Hostal-Besitzerin die Wangen herunter. Sie nahm Ninas Hand und drückte sie fest.

„Mach das Schwein fertig, Nina. Viel Glück. Meine Mama ist Voodoo-Meisterin. Sie wird den Khan verfluchen."

Maria nahm Nina fest in ihre Arme. Als sie Ninas Waffe in ihrem Hosenbund ertastete, ahnte sie sofort, dass die Tage des Khans gezählt waren.

„Das können wir brauchen. Bis bald."

19

Gute eineinhalb Stunden später saßen Nina und Peter im kleinen Beiboot der Birdy. Der leichte Außenbordmotor sprang willig an und sorgte sehr schnell für ordentlichen Vortrieb. Nina schaute durch das Fernglas, dass sie einer Kiste im Boot entnahm.

„Wir haben Besucher auf der Birdy."

„Wie bitte?"

„Ich sehe zwei Jugendliche, die auf Deck herumlaufen. Die schnappen wir uns. Das sind sicher junge Piraten."

Nina drehte einen großen Bogen, damit die beiden Personen sie nicht ausmachen konnten. Als sie beinahe geräuschlos an der Birdy anlegte, befanden sich die beiden Jugendlichen bereits unter Deck. Ohne einen Laut zu verursachen, sprang Nina in einem Satz an Deck. Sie zog ihre Pistole aus dem Hosenbund und schlich auf Zehenspitzen dem Treppenabgang entgegen. Peter folgte ihr. Nina erkannte sofort, dass die beiden keine Profis waren. Unter Ausnutzung des Überraschungseffekts sprang Nina die Treppe hinunter und packte sich gleich den erstbesten Eindringling. Mit einem Ruck flog die Kappe vom Kopf. Lange, schwarze Haare fielen auf schmale Schultern. Mit der Pistole in der Hand zielte Nina auf die zweite Person.

„Na wunderbar! Zwei Mädels auf dem Kriegspfad. Was wollt ihr hier?"

„Wir suchen nach Wertgegenständen, die wir verkaufen können."

„Da seid ihr bei mir falsch. Wie seid ihr überhaupt hergekommen?"

„Mit einem kleinen Gummiboot. Es liegt da vorn."

„Sehr schön. Hier habt ihr 20 Pfund und jetzt macht, dass ihr von Bord kommt, bevor ich die Hafenpolizei verständige."

„Du rufst nicht die Polizei?"

„Nein, ich war auch mal sehr arm wie ihr. Also haut jetzt ab und lasst euch hier nicht mehr blicken."

Das ließen sich die beiden Mädchen nicht zweimal sagen. Rasch huschten sie die Treppe hoch. Sie griffen sich ihre winzige Gummijolle und sprangen ins Wasser.

„So, los jetzt, Peter, wir dürfen keine Zeit mehr verlieren. Unser Zeitfenster ist arg begrenzt."

Nina startete per Knopfdruck am Führerstand den schweren Diesel, der sofort ansprang, während Peter die Anker lichtete. Der Wind war stark abgeflaut, sodass sie sich der Kraft des Motors bedienen mussten. Nina gab die Koordinaten ein und wie von Geisterhand geführt drehte die Birdy bei. Kraftvoll spurtete sie los. Die weiße Yacht schoss pfeilschnell durch die ruhigen Wellen. Zum Abendessen spendierte Nina ein tiefgefrorenes Fertiggericht. Plötzlich kam Wind auf. Nina setzte sofort alle Segel und schaltete den Motor ab. Jetzt machte die Yacht ordentlich Speed. Wegen der Schwüle in der Kabine legten sie sich auf die breite Sonnenmatratze. Nina kuschelte sich in Peters Armbeuge, der dies sichtlich genoss.

„Wenn wir diesen Auftrag lebend überstehen, wirst du meine Frau, Nina. Ich liebe dich nach wie vor und von ganzem Herzen."

„Ach, Peter, denk doch einfach mal an das jetzt und hier. Was kommt, werden wir sehen."

Noch bevor Nina weitersprechen konnte, legte Peter seine Lippen auf ihre. Anfangs sträubte sie sich ein wenig. Doch sehr bald gab sie sich Peter liebevoll hin. Nach einem gefühlvollen Akt schliefen sie beide erschöpft ein.

Der Warnton der Ruderanlage holte sie jäh aus ihren Träumen in die Realität zurück. Nina lief sofort zum Führerstand. Laut den Koordinaten befanden sie sich nur noch etwa 2 Seemeilen vom Rendezvousplatz mit der HMS Tudor entfernt. Die Digitalanzeige der Borduhr zeigte 02:34 Uhr an.

„Wir haben in wenigen Minuten das Zielgebiet erreicht, Peter."

Nina flüsterte ein wenig, obwohl sie hier draußen auf See eigentlich niemand hören konnte.

„Sehr gut. Lass uns schon mal die Schwimmwesten anlegen. Das ist Vorschrift bei Ladetätigkeiten."

Plötzlich tauchten majestätisch - wie auch etwas unwirklich - am Horizont die gewaltigen Aufbauten der Tudor auf. Der erste Schritt zur Durchführung ihres Auftrages war getan. Peter nahm den großen Morsescheinwerfer in die Hand. Des Morsealphabetes kundig sendete er das vereinbarte Kennwort Wasserfloh mehrfach hintereinander in die Dunkelheit, bis sein Code erwidert wurde. Nina war ganz in ihrem Element. Sie zog alle Segel ein und schaltete das Dieselaggregat an. Gefühlvoll drehte sie bei, um steuerbord an die Tudor anzudocken. Blitzschnell flogen der Yacht Taue zu, die Nina und Peter sofort fest vertäuten. Ein seitliches Tor öffnete sich hydraulisch. Fleißige Hände schoben eine Brücke herüber, über die Kapitän Hendricks die Yacht betrat.

„Hallo, ihr beiden. Hendricks mein Name. Nina Brennan und Peter McCord, wenn ich richtig informiert bin. Wir haben eine Menge interessantes Spielzeug für euch an Bord. Schaut es euch an."

„Hallo, Captain, erfreut Sie kennen zu lernen. Danke, dass Sie einen kleinen Umweg für uns eingelegt haben. Wir folgen Ihnen. Die Zeit drängt."

„Kleiner Umweg ist gut. Wir sind nicht ganz freiwillig hier. Durch diesen kleinen Umweg verlieren wir vierundzwanzig Stunden. Aber wir wollen ja auch, dass Sie Ihren Auftrag erfüllen können. Wenn sogar die Admiralität und das Verteidigungsministerium sich einschalten, hat Ihr Job höchste Priorität."

„Leider ist es so, Sir."

„Dann darf ich Sie bitten, mir zu folgen."

Zustimmend nickend folgten Nina und Peter dem Kapitän in einen der Laderäume der Tudor. Mit den dort lagernden Ausrüstungsgegenständen hätte man einen Krieg führen können, wie Peter feststellte.

„Da gebe ich Ihnen recht, Mister McCord. Hier sind Ihre Unterseescooter. Sie besitzen keine Schrauben mehr, sondern werden von Rückstoßtriebwerken angetrieben, die sie dreimal so schnell machen wie die herkömmlichen Scooter. Jeder von Ihnen kann neben dem Piloten noch vierhundert Kilo Material transportieren. Jeder Scooter ist mit vier Miniunter-wasserraketen bestückt, die jeweils etwa die Sprengkraft einer Stinger Boden Luft Rakete besitzen. Magnethalter für Ihre Infanteriewaffen sowie Stealthbeschichtung der Außenhaut inklusive. Die beiden Scooter sind übrigens fabrikneu. Folgen Sie mir jetzt bitte zur Munitionskammer. Meine Jungs beginnen derweil, die beiden Aale ins Wasser zu lassen. Wir hängen sie unter die Yacht. Auf Deck legen ist ohnehin unmöglich."

Die Munitionskammer wurde gesondert von zwei Soldaten der Militärpolizei gesichert. Nacheinander betraten der Kapitän, Nina und Peter die Räumlichkeiten. Der Gestank nach verschiedenen Sprengmitteln und Waffenölen waberte unverkennbar durch die Luft.

„Dort liegen Ihre Schätzchen. Jede Haftmine hat die Sprengkraft einer zwanzig Zentner Bombe. Der magnetische Haftmechanismus ist so konzipiert, dass er nicht den Hauch einer Erschütterung verursacht, wenn die Mine zum Beispiel an einem Schiffsrumpf angebracht wird. Wenn Sie alle vier parallel zünden, können Sie damit ein Schiff der Größe des Flugzeugträgers Nimitz auf den Meeresgrund schicken. Mein erster Waffenoffizier wird Sie jetzt kurz einweisen."

„Danke, Sir."

„Keine Ursache. Ich wünsche Ihnen viel Glück für Ihren Einsatz."

„Danke, Sir, wir werden es brauchen."

Der junge Leutnant zur See entpuppte sich als Pragmatiker. Mit stoischer Ruhe erklärte er Nina und Peter in Kurzform, wie man diese Ungetüme scharf stellte und den digitalen Zeitmechanismus programmierte. Nach fünfzehn Minuten waren sie mit der Einführung durch. Nina und Peter erhielten jeder noch einen wasserfesten Zauberbeutel, wie der Waffenoffizier die gummierten Rucksäcke nannte, sowie jeder eine Aqua Lunge mit Kevlar beschichtetem Neoprenanzug, der Projektilen bis Kaliber 308 standhielt nebst passendem Helm mit Funkeinrichtung.

„Die Rucksäcke gehören zur Standardausrüstung unserer Kampfschwimmer. Darin befinden sich jeweils eine schallgedämpfte Thomsen Mini MP in Sonderausführung mit großem Magazin für die Aufnahme von 50 hülsenlosen Vollmantelgeschossen in Highspeed Ausführung. Darüber hinaus enthält er fünf gefüllte Reservemagazine. Weiterhin liegen in jedem Rucksack ein Kampfmesser, eine Mini Maglight, Verbandzeug sowie Wasser und Verpflegung für drei Tage. Damit sollten Sie zurechtkommen. Wir hängen Ihnen nun noch jeweils zwei der Spezialminen an die Scooter und fertig ist die Laube. Ich wünsche Ihnen alles Gute. Sie haben Ihrem Gegner gegenüber einen gewaltigen Vorteil, Mister McCord. Das Überraschungsmoment ist auf Ihrer Seite und Ihre Gegner sind Paramilitärs, die nicht so ausgebildet sind wie Sie selbst, Commander."*

„Hoffen wir mal, dass Sie recht behalten, Leutnant Brown."*

Peter wunderte sich ein wenig, wie gut der junge Leutnant über sein Einsatzziel informiert war. Wahrscheinlich stand er auch auf der internen Gehaltsliste als Hilfskraft des MI6. Keine fünfundvierzig Minuten später entfernte sich die Birdy leise und unbemerkt von der HMS Tudor und verschwand in der Schwärze der Nacht. Doch wegen der hohen Zuladung bewegte sich der Segler nicht mehr ganz so wendig durch die See wie vorher.

20

„Mein armes Mädchen hat ganz schön mit der schweren Fracht unter Wasser zu kämpfen."

„Stimmt, das Gewicht ist nicht zu unterschätzen. Lass uns noch ein wenig hinlegen und ausruhen. Wir müssen auch noch überdenken, wann und wie wir gegen die Yacht des Khans vorgehen."

„Ja, leg dich etwas hin. Ich muss noch telefonieren."

„Geheimnisse?"

„Frauen haben immer kleinere oder größere Geheimnisse. Das solltest du aber langsam wissen, großer Krieger."

Lachend verschwand Nina im Führerstand der Yacht. Sofort griff sie zum Telefon. Peter verhielt sich mucksmäuschenstill. Doch war es ihm unmöglich, dem Gespräch, das Nina führte, zu folgen. Es dauerte aber auch nur höchstens zwei Minuten. Nachdem es still geworden war, legte sich Nina völlig nackt zu ihm.

„Hoppla, willst du mich etwa verführen?"

„Ja, sowas in der Richtung. Wir haben noch vierundzwanzig Stunden Zeit, bis der Khan per Helikopter sein Anwesen verlässt. Der Flug zu seiner Yacht wird kaum fünfzehn Minuten in Anspruch nehmen. Warum also sollten wir die uns verbleibende Zeit nicht angenehm nutzen. Und wer kann schon sagen, ob dies nicht unsere letzte Nummer wird."

„Da hast du allerdings recht. Sag mal, woher weißt du, wann der Khan zu seiner Yacht fliegt?"

„Ich habe so meine Informanten und natürlich meine kleinen Geheimnisse."

Peter kannte Nina gut genug, um zu wissen, dass jede weitere Rückfrage zu nichts führte.

Zärtlich ließ Nina ihre linke Hand Peters Körper ertasten, der bereits an einer Stelle deutliche Veränderungen aufwies. Auch Peter streichelte jetzt sanft über ihren zerschundenen Körper. Gemeinsam befreiten sie auch ihn von all seinen Textilien. Kaum lag Peter ebenfalls völlig nackt vor ihr, bestieg sie ihn und ritt mit ihm so wild durchs Ziel, als wäre es tatsächlich das letzte Mal.

Als er erwachte, war Nina verschwunden. Er zog sich rasch an und suchte nach ihr. Peter hatte sofort bemerkt, dass die Birdy vom vorherigen Kurs abgewichen war und mit voller Takelage im Wind lag. Das Boot machte richtig Speed. Peter lief die Treppe hinunter. Vor dem kleinen Bad stand Nina völlig weiß eingecremt.

„Machst du jetzt Werbung für Gleitcreme?"

„Unsinn, ich versuche, in den Anzug zu steigen. Das wird auch dir nicht ganz so leicht gelingen. Bist ja dicker als ich."

„Wie meinst du das jetzt, Nina? Schließlich nennt man mich den Aal von Schottland. Ich werde locker in den Anzug hüpfen."

„Kein Wunder, das Aal so fettig ist, wenn du der Aal Schottlands bist."

Nina lachte Peter an. Dieses Lachen von ihr liebte er. Er wollte es nie mehr missen und in Zukunft immer ansehen dürfen.

„Was ist los, Aal von Schottland?"

„Ich liebe dich nach wie vor, Nina. Werde nach dem Einsatz meine Frau."

„Sehen wir alles später, wenn du dich jemals wieder aus dieser Pelle herausgewunden hast."

Jetzt lachte Nina Peter frech aus.

Auch er griff zum Gleitgel, damit er sich in den Neoprenanzug zwängen konnte. Plötzlich fuhr Peter der Schrecken in die Glieder. Nina zog das große Kampfmesser aus dem Gürtelfutteral. Mit Macht ließ sie die Spitze der extrem scharfen Klinge auf ihren Arm heruntersausen. Peter hielt kurz den Atem an. Doch die Klinge wurde abgelenkt. Ein Durchkommen war nicht möglich.

„Was machst du da, Nina?"

„Einen Materialtest und den hat der Anzug gerade bestanden."

Peter schüttelte nur entsetzt den Kopf.

„Na ja, ist ja alles gut gegangen. Hast du noch im Kopf, wie man die Minen scharf stellt?"

„Ja, Peter, funktioniert wie ein Wecker. Mit den Drucktasten die Vorlaufzeit einstellen und dann auf den grünen Punkt drücken. Die Rückzählautomatik beginnt sofort zu arbeiten. Welches Zeitfenster stellen wir ein, um Zeit genug zum Verschwinden zu haben?"

„Ich denke, wir sollten uns vierzig Minuten Zeit lassen, um zur Birdy zurückfahren zu können."

„Ok, dann weiß ich Bescheid."

Plötzlich summte Ninas Handy.

In Carnarvon brach mit einmal die Hölle los. Mehrere Militärfahrzeuge, alle mit schwerbewaffneten Söldnern besetzt, rasten durch die engen Gassen der verschlafenen Ortschaft. Jedes Hotel, jedes Hostal sowie jede Privatunterkunft wurden durchsucht. Maria hatte ihr Bed and Breakfast bereits am Morgen geschlossen und sich bei Verwandten versteckt. Wer sich weigerte, seine Türen zu öffnen, wurde sofort erschossen. Die Gastwirte, die den Weg ins Haus freigaben, wurden beiseite gestoßen und misshandelt. Viele Einrichtungsgegenstände wurden mutwillig und willkürlich zerstört. Gäste wurden aus ihren Zimmern herausgeprügelt und auf die Straße gesetzt. Es herrschte das absolute Chaos. Die Polizei schaute nur tatenlos und zweifelsfrei eingeschüchtert oder korrumpiert weg. In einem Ortsabschnitt allerdings kam es dann doch zu einem Schusswechsel zwischen zwei Polizeieinheiten und einem Trupp der schwerbewaffneten Einheiten des Khans. Sie ließen den Polizisten keine Chance und töteten die vier noch ziemlichen jungen und unerfahrenen Polizeibeamten. Die Männer des Khans steckten sogar noch einige Häuser in Brand, was das allgemeine Chaos noch größer werden ließ.

„Brennan? Ich habe verstanden. Danke für die Info."
„Was war los, Nina?"
„Ich habe gerade die Nachricht erhalten, dass drei Helikopter von der Lodge Richtung Yacht gestartet sind. Sie benötigen etwa 20 Minuten Flugzeit."
„Das heißt auch, dass keiner sagen kann, in welchem der Hubschrauber der Khan und seine Frau sitzen?"
„Ja, genauso ist es."
„Wann denkst du wollen wir die Yacht angreifen, Nina?"
„Ich denke, der richtige Zeitpunkt ist kommende Nacht."
„Ok, dank der Gleitcreme kommt man auch aus dem Anzug wieder heraus. Ich steige jetzt aus. Das Ding ist verdammt warm."
„Egal, ich glaube, wir werden im Einsatz froh sein, wenn wir das Teil am Körper haben."

Nina ließ die Birdy große Kreise ziehen, damit sie nicht so leicht als neugieriger Hai vom Radar der Sea King des Khans geortet werden konnte. Schließlich lag sein Schiff nicht sehr weit von ihnen entfernt in der Bucht nebenan. An wirklichen Schlaf war jetzt nicht mehr zu denken. Peter lag nur mit seiner Badehose bekleidet an Deck. Gedankenverloren döste er vor sich hin. Es war nicht der Einsatz, der ihm durch den Kopf ging. Würde Nina sein Angebot annehmen und mit ihm nach McCord Manor ziehen? Als es dämmerte, vernahm Peter Geräusche. Nina warf zwei Angeln aus. Es dauerte nicht lange und schon zog sie nacheinander eine Dorade und einen stattlichen Loup de Mer aus dem Wasser.

„Henkersmahlzeit, großer Krieger."

„Das sieht in der Tat sehr gut aus."

„Das will ich meinen. Während du geschlafen hast, habe ich für unser Abendessen gesorgt."

„Soll ich dann kochen?"

„Gott bewahre, nein. Ich möchte doch nicht, dass diese beiden Prachtstücke umsonst gestorben sind. Ich koche."

„Ok, dann möchte ich dich keinesfalls in deinem Schaffensdrang einschränken. Lass gehen, ich habe nämlich ordentlich Hunger."

„Deck schon mal den Tisch, Faulpelz. Mama bereitet das Essen."

21

Die Stimmung an Bord war keineswegs so gelöst, wie es schien. Auch wenn aus der Kombüse das fröhliche Pfeifen von Nina vernehmbar war und der Duft frisch gegrillten Fisches herauswehte, waren beide Agenten mit dem Kopf ganz woanders. Nicht einmal die Ausrüstung konnte Peter ein letztes Mal vor dem Einsatz prüfen. Ihr komplettes Equipment hing gut verstaut unter dem Rumpf der Birdy. Peter erhielt den Seewolf mit Salzkartoffeln und Buttersauce, während Nina die Dorade verputzte. Selbstverständlich verzichteten sie auf Alkohol, obwohl ganz sicher ein Glas Weißwein gut zum Essen gemundet hätte. Hinterher schlürften sie noch mehrere Espressi, bevor sie spülten. Kurz vor Mitternacht glitten Nina und Peter, nachdem sie sich gut eingecremt hatten, in ihre Neopren-Teflon-Anzüge. Noch bevor Nina den Aqualungenhelm aufsetzte, gab sie Peter einen Kuss. Peter beschlich ein merkwürdiges Gefühl. War dies etwa der letzte Kuss von Nina?

„Pass gut auf dich auf, großer Krieger."

„Du aber auch auf dich. Denk an mein Angebot und vorher gibt es noch ein gewaltiges Steak im Helenas."
Nina nickte und lachte Peter herzlich an. Wie sie sich nach ihrem Einsatz entscheiden wird, konnte Peter leider nicht aus ihren Gesichtszügen ergründen.

Doch jetzt war keine Zeit mehr für Zwischenmenschliches. Nina setzte sich den schussfesten Helm auf und verband die Panzerschläuche mit der Aqualunge. Peter tat es ihr gleich. Wenig später nahmen beide auf der Bordwand Platz und ließen sich rückwärts ins Meer gleiten.

Das Wasser war glasklar. Ihre Aussicht phänomenal. Fische in allen Farben stoben verschreckt auseinander, als sie ihre Gäste anstarrten. Peter schwamm gleich zu seinem Scooter. Mit geübtem Handgriff löste er die Verankerung seines Aals. Auch Nina hatte sich intensiv in die Gebrauchsanweisung ihres Scooters eingelesen. Peter startete den extrem starken Elektromotor. Mit Daumen hoch signalisierte er Nina, dass alles in Ordnung war. Auch Nina prüfte ihr System und reckte ebenfalls den rechten Daumen in die Höhe. Völlig lautlos nahmen sie Speed auf und rauschten der Sea King des Khans entgegen. Ihr Einsatz hatte begonnen. Ob sie ihn überlebten, stand in den Sternen.

Die Scooter waren in der Tat fast dreimal so schnell wie die vorherige Generation mit dem Schraubenantrieb. Wie zwei Torpedos schossen sie durch die See. GPS-gesteuert näherten sie sich unaufhaltsam und beinahe lautlos ihrem Zielobjekt.

Etwa eine Seemeile vor Erreichen der Yacht des Khans leuchtete auf dem Armaturenbrett eine rote Warnlampe auf. Sofort nahmen sie Gas weg. Ganz sachte tauchten Nina und Peter auf. Doch nur ihre Köpfe ließen sie aus dem Wasser herausschauen. Über den abhörsicheren Funkkanal meldete sich Peter bei Nina.

„Dort vorn liegt die Sea King vor Anker. Laut dem ursprünglichen Konstruktionsplan befindet sich eine der Munitionskammern mittschiffs und eine im Heck. Gehst du die Yacht von Backbord aus an? Ich mache mich von Steuerbord aus an die Sea King heran."

„Lass mir bitte die Steuerbordseite."

„Von mir aus. Mir ist es egal, von welcher Seite ich die Yacht angreife. Gibt es einen Grund dafür, dass du von Steuerbord aus starten möchtest?"

„Nein, Peter. Mir ist diese Seite irgendwie sympathischer. Ich habe mir überlegt, dass wir den Vorlauf der Minen auf 60 Minuten festlegen. Was denkst du?"

„Können wir machen. Damit schalten wir alle Eventualitäten aus. Dann lass uns losfahren. Start des Countdowns der Minen null Uhr 35. Einverstanden?"

„Roger, Peter. So machen wir es. Ich wünsche dir viel Erfolg. Ich liebe dich, Peter. Warte nicht auf mich."

„Danke dir auch, Nina. Ich liebe dich auch, Nina."

Peter konnte mit der letzten Aussage von Nina nicht wirklich etwas anfangen. Sie waren doch mit der gleichen Aufgabe beschäftigt. Warum also wünschte sie ihm viel Glück? Peter schaute sich um. Von Nina war nicht mehr viel zu erkennen. Mit Vollspeed raste sie der Sea King entgegen. Peter schaltete ebenfalls sein Triebwerk ein und fuhr der Backbordseite des Schiffes entgegen. Nina war nirgends mehr auszumachen. Er ärgerte sich, dass dieser Einsatz mit so viel Emotion einherging, was überhaupt nicht gut war für einen positiven Ausgang. Mit stoischer Ruhe positionierte er seinen Aal parallel zu Backbordseite und schaltete den Autopiloten ein, der den Scooter permanent auf Kurs hielt. Er zog die erste Mine aus der Halterung und befestigte sie mittschiffs an der berechneten Stelle. Mit der zweiten begab er sich in den hinteren Teil und ließ sie ebenfalls an der Bordwand andocken. Langsam entfernte er sich von der Yacht. Weil er Nina immer noch nicht ausmachen konnte, ging er tiefer und tauchte unter dem Rumpf des Schiffes hindurch. Doch Nina blieb verschwunden. Plötzlich sah er den Scooter auf dem Meeresboden stehen. Er tauchte hinab, um nachzuschauen, ob Nina etwas zugestoßen war. Aber Nina blieb verschwunden. Nur ihr Scooter dümpelte im feinen Sand auf dem Grund des Meeres vor sich hin. Ein Blick auf seine Uhr signalisierte ihm, dass die Explosion in 57 Minuten erfolgte. Es blieb also keine Zeit zu verschwenden.

Plötzlich meldete ihm sein Helmdisplay, dass sich zwei unbekannte Objekte näherten. Zwei Taucher schwammen auf ihn zu, was ihn nicht besonders irritierte. Angsteinflößender waren da eher die Harpunenspitzen, die sie ihm entgegen reckten. Peter wendete seinen Scooter und drehte dessen Spitze in die Richtung der herannahenden Taucher. Blitzschnell stellte er die Sucher seiner Spreng-harpunen ein und drückte ab. Mit Highspeed verließen die Harpunenspitzen den Bauch des Scooters. Sekunden später zerrissen die beiden Unterwasserwaffen die Taucher. Die Minispreng-sätze der Harpunen hatten ganze Arbeit geleistet. Die blutigen Überreste seiner Gegner würden die Haie entsorgen. Hoffentlich warteten die großen Räuber der See noch ein wenig damit, bis sie zurück an Bord waren. Haie im Blutrausch waren das Letzte, was sie nun brauchen konnten. Peter tauchte höher und besah sich die von Nina angebrachten Minen. Sie hatte sie korrekt aktiviert und die Zeitschaltuhren eingeschaltet. Der Countdown lief. Und doch wurde Peter den Eindruck nicht los, dass Nina ihm wirklich alles verraten hatte, wie sie den Einsatz durchziehen wollte. Wo war sie abgeblieben? Eigentlich war ihr Auftrag erfüllt. Sie brauchten sie jetzt nur noch zu warten, bis die vier Minen die von ihnen begonnene Arbeit zu Ende brachten. Langsam und lautlos ließ er seinen Scooter den Rumpf des Schiffes entlang gleiten. Mit einmal wurde er auf eine offenstehende Schleusentüre aufmerksam. Das musste er sich genauer ansehen. Wieder parkte er den Scooter im Standby Modus. Die fünf Meter bis zum Eingang in die Yacht überwand er schwimmend. Vorsichtig bewegte er sich direkt in den kleinen Schleusenraum hinein und verriegelte die Außentüre. Nach kurzer Prüfung der diversen Tasten auf der Schalttafel rechts neben der Türe hoffte er, sich zurecht- zufinden. Er drückte auf einen der Knöpfe und sofort wurde das Wasser aus dem Raum gepumpt. Dieser Vorgang dauerte gerade mal eine Minute. Dem wasserfesten Rucksack entnahm Peter die kleine Maschinenpistole sowie zwei Magazine, die er sich in den Gürtel steckte. Er galt hier keinesfalls als gern gesehener, geladener Gast. Entsprechend würde man ihn empfangen.

Von Nina fand er keine Spur, nachdem er auf den Gang im Bauch des Schiffes getreten war. Er konnte dies nicht wirklich verstehen. So viel Vorsprung hatte sie doch gar nicht. Außerdem schien sie sich auf der Yacht bestens auszukennen. Aber wieso? Plötzlich öffnete sich eine Türe. Peter trat blitzschnell in einen Türausschnitt und wartete, was geschehen würde.

Doch der Matrose schien ihn nicht bemerkt zu haben. Selbst ohne Helm und dem Luftautomaten auf dem Rücken vermochte Peter sich nicht allzu behände in dem Neopren-Kevlar Anzug bewegen zu können. Er fragte sich, was er hier eigentlich wollte. Nina war auf eigenes Risiko in die Yacht des Khans eingedrungen. Sie wollte nur noch Rache und damit hatte er nicht wirklich etwas zu tun. Doch er wollte sie schützen, damit sie nach dem Einsatz seine Frau wurde. Mit einmal schoss ihm durch den Kopf, dass wenige Meter von ihm entfernt die Zeitschaltuhren der Minen gnadenlos die Zeit herunterzählten. Verdammt, er hatte die Zeit vergessen. Er musste jetzt handeln. Analytisch betrachtet lag der Khan jetzt sicher mit seiner Frau im Bett. Also befand sich Nina auf dem Weg zu den Schlafgemächern des Khans und die galt es jetzt schnellstens zu finden.

22

Peter schlich der Tür am Ende des Ganges entgegen, hinter der er den Treppenaufgang vermutete. Sachte drückte er den Türgriff herunter, bis das Türblatt nachgab und sich aufschieben ließ. Tatsächlich hatte er den Aufgang gefunden. Auf Zehenspitzen lief er zwei Treppen höher. Das Geräusch einer quietschenden Türe ließ ihn aufhorchen. Wenn er jetzt nicht gefunden werden wollte, musste er sich dringend verstecken. Peter öffnete die nächstbeste Türe und sprang in einen erleuchteten Raum. Erschrocken und feindselig starrte ihn eine nur mit einem Höschen bekleidete, junge Asiatin an. Ohne zu zögern, griff die junge Frau nach einem gewaltigen Kampfmesser, dass auf ihrem Nachttisch lag. Wie eine Furie stürzte sie sich auf Peter. Er merkte sofort, dass das Mädel eine Einzelkämpferausbildung genossen haben musste. Sie wusste sehr wohl mit diesem martialischen Gerät umzugehen. Peter hob seine Waffe und zielte auf sie. Doch sie ließ sich nicht beirren. Wie von Sinnen stürzte sie auf Peter zu. Kurz bevor sie Peter das Messer in den Hals stechen konnte, drückte er ab. Zwei Projektile verließen das Magazin. Eines durchschlug ihr Herz. Das Zweite zerfetzte ihre Leber. Wie von einem Hammer getroffen fiel sie zurück. Lediglich ihr hassverzerrtes Gesicht konservierte sich im Moment ihres Todes. Ein paar Spritzer ihres Blutes verteilten sich auf seinem Neopren-Anzug. Zwar hatte man ihm versichert, dass die Kevlarschicht im Tauchanzug einen Messerangriff spielend überstand. Doch Peter war lieber, es nicht ausprobieren zu müssen, auch wenn das Töten eines Menschen ihm überhaupt nicht lag, selbst wenn er angegriffen wurde.

Peter war nun gewarnt, dass er hier bei niemandem auch nur auf den Hauch von Wiedersehensfreude oder Gnade treffen würde, wenn es um die Durchsetzung der Sicherheit des Khans ging. Leise öffnete er die Türe. Er lauschte in den Gang hinein. Es war nichts zu hören. Trotz des Ausgleichs durch die Stabilisatoren bewegte sich das Schiff ganz leicht auf dem Wasser hin und her. Wo war nur Nina abgeblieben? Peter lief noch ein weiteres Stockwerk nach oben. Den nächsten Aufgang sicherte ein massives Edelstahlgitter. Ganz sicher hatte er jetzt den Zugang zu den Privatgemächern des Khans gefunden. Das Stahlgitter wurde mittels eines digitalen Zahlenschlosses gesichert. Die letzte Freigabe erfolgte über ein Fingerprint-Touch-screen. Unüberwindlich ohne technischen Support, wie Peter sofort feststellte. Also musste er an Deck, um zu versuchen, von dort aus über die Außenaufbauten auf die Etage des Khans zu gelangen. Ein Blick auf seine Uhr bereitete ihm jedoch große Sorge. Zwanzig Minuten waren von der Vorlaufzeit der Minenzünder bereits heruntergezählt. Vierzig Minuten vergingen wie im Flug, wenn man nicht wusste, wo man suchen sollte. Im Hinterkopf begann er zu rechnen. Zehn Minuten war das unterste Zeitfenster, das er benötigte, um die Yacht zu verlassen, ohne mit ihr in die Luft zu fliegen. Also blieben ihm jetzt nur noch neunundzwanzig Minuten. Und die Zeit lief unaufhörlich weiter. Wo war nur Nina? So groß war das Schiff nun auch wieder nicht, dass sie wie vom Erdboden verschwunden war.

Peter rannte den Gang entlang bis zur nächsten Türe. Diese war nur angelehnt. Mit dem Lauf der Maschinenpistole erweiterte er seinen Durchblick, indem er den Türspalt vergrößerte, um das Deck in Augenschein zu nehmen. Hier lag eindeutig der Vergnügungsbereich des Schiffes. Einen Basket-ballkorb konnte Peter ausmachen sowie jede Menge anderer Möglichkeiten der Freizeitgestaltung. Vorsichtig drückte er den Türspalt weiter auf. Er wollte schon losstürmen, um sich einen Platz zum Hochklettern zu suchen, als er mit einmal innehielt. Verdeckt hinter einer hohen ledernen Rückenlehne lag eine völlig nackte, asiatische Schönheit, die breitbeinig ihre Scham einem stämmigen Mann ebenfalls asiatischer Herkunft entgegen reckte. Die beiden Liebenden schienen reichlich Champagner konsumiert zu haben. Jedenfalls lagen zwei leere Flaschen der teuren Prickelbrause auf dem Beistelltisch. Der kräftige Mann schien die rechte Hand des Khans mit Namen Ribcord zu sein. Welcher andere Sterbliche hätte sich sonst hier oben unter freien Himmel vergnügen dürfen. Peter musste handeln. Ihm lief die Zeit davon. Als der Mann ihre Füße packte und mit viel Kraft in sie hineinstieß, schrie sie lustvoll auf. Doch als Ribcord Peter sah, schien ihn mit einmal seine gesamte Libido zu verlassen. Er zog sich aus seiner Partnerin heraus, um sich sogleich auf Peter zu stürzen. Noch bevor er Peter erreichte, machte es zweimal plopp und Ribcord brach tot zusammen. Den Aufprall auf den Boden merkte er schon nicht mehr. Die junge Frau bedeckte so gut es ging ihren nackten Körper und blickte Peter starr vor Schreck in die Augen.

„Ich suche den Khan. Wo finde ich ihn?"
Die junge Frau hob den Kopf und deutete an, dass dieser eine Etage über ihnen wohnte. Peter nickte und drehte sich um. Sekunden später spürte er einen harten Aufprall auf seinen Rücken. Ein gewaltiger Dolch fiel unverrichteter Dinge zu Boden. Die immer noch völlig nackte Schönheit hatte alle Scham überwunden und sich einen Wurfstern gegriffen, die hier wohl zu Übungszwecken überall herumlagen. Sie holte bereits aus, um diesen auf Peter zu schleudern, als er kurz hintereinander zweimal abdrückte. Sie kam ihm mit dem Sterben zuvor. Mit gespaltenem Schädel fiel sie rücklings auf das weiße Sofa, dessen Farbe sich gerade rasant rot einfärbte. Nun verblieben ihm nur noch zweiundzwanzig Minuten bis zum Ablauf des Countdowns.

Die Brücke mit der Kommandoeinheit des Schiffes lag sehr weit vorn, sodass die Gefahr vom Kapitän oder einem Offizier seiner Crew ausgemacht zu werden, nur gering ausfiel. Außerdem tat in der Seefahrt nachts zumeist nur eine Wache Dienst, um für Notfälle gerüstet zu sein. Peter schaute sich gehetzt um. Der Faktor Zeit saß ihm im Nacken. Plötzlich fiel ihm eine Strickleiter ins Auge, die offensichtlich nicht dorthin gehörte, jedoch ganz sicher aber ihren Zweck erfüllte, um in die oberen Gemächer des Khans zu gelangen. Einem Primaten gleich schwang sich Peter nach oben. Mit einem Sprung überwand er das Geländer der kleinen Terrasse. Nach wenigen Schritten stand er vor der gläsernen Schiebetür zum Schlafzimmer des Khans, die mit einem weißen, blickdichten Vorhang als Sichtschutz ausgestattet war. Die Türe war bereits zwei Handbreit geöffnet. Peter vernahm leise Geräusche, die nur Menschen unter schweren Qualen von sich gaben. Das Stöhnen nahm intervallmäßig zu und ab. Als Peter den Vorhang zur Seite schob, wurde er unmittelbar Zeuge einer grausamen Gewaltorgie. Rechts auf einem Stuhl saß völlig unbekleidet und gefesselt die Frau des Khans, mit seiner Badehose im Mund als Knebel. Würgend musste sie dem Szenario folgen, wie Nina gerade, nachdem sie ihr bereits die Brustwarzen abgeknipst hatte und sie mit einem Stuhlbein vaginal penetrierte, ihren Mann kastrierte. Mehrere Finger und Zehen lagen bereits in einer großen Blutlache auf dem Boden verteilt herum. Nina befand sich in einem regelrechten Blutrausch ohne Gleichen.

„Ist gut jetzt, Nina, hör auf und komm mit mir."
„Du hältst mich nicht auf, Peter. Geh und verlass das Schiff. Grüß Mister Sharp von mir."
Nina lachte laut diabolisch auf, so als wäre sie dieser Welt bereits entrückt. Heftig und mit viel Schwung drückte sie die beiden Griffenden des Bolzenschneiders zusammen. Ein Schrei, gefolgt von einem schmerzverzerrten Winseln war die Folge. Mit einem eher dumpfen Ton fielen die Genitalien des Khans auf den Fußboden in die bereits vorhandene Blutlache. Peter hob seine Maschinenpistole.
„Hör auf, Nina oder ich drücke ab."
„Erschieß mich doch. Der Khan ist bereits jetzt Geschichte. Ich hatte meine Rache."
„Komm mit mir, Nina, und vergiss deine Rache. Wir verlassen das Schiff und fangen neu an."
Peter schaute auf seine Uhr. Achtzehn Minuten bis zur Detonation. Peter brach der Schweiß aus.
„Ich warte hier, bis dieses Schwein langsam ausgeblutet ist. Erst dann finde ich meinen Frieden."
„Das ist doch Wahnsinn, Nina. Komm, noch bleibt Zeit genug."
„Nein, Peter, ich bleibe. Mach´s gut, leb wohl und jetzt hau endlich ab."

Sechzehn Minuten noch. Jetzt wurde es Peter einfach zu gefährlich. Die gewaltige Explosion, die in wenigen Minuten erfolgte, würde niemand überleben. Für eine Wahnsinnige wollte er sein Leben auch nicht opfern. Er riss die Türe auf und nahm die Treppe hinunter auf das Relaxing Deck. Wieder versperrte ihm eine Tür zum untersten Zwischendeck sein Fortkommen. Als er sie öffnete, stand völlig unerwartet ein Asiat vor ihm, dessen Gesicht ihm sehr bekannt vorkam.

„Oh, hallo, Mister McCord. Ich hätte nicht gedacht, Sie noch einmal wiederzusehen. Ihre sehr ungehaltene Kollegin zerstückelt gerade mein Double in meinem Schlafbereich. Ich muss los. Leben Sie wohl, Mister McCord oder besser fahren Sie zur Hölle."

Der Khan hob seine Pistole und schoss ohne Zögern auf Peter, der vom Aufprall des Projektils auf seinen Anzug aus dieser kurzen Entfernung förmlich umgeworfen wurde. Laut lachend sprang der Khan über Bord. Peter fing sich jedoch sofort wieder und schaute über die Reling. Er erblickte den Khan, der auf ein Motorboot zu schwamm. Jetzt gab es für Peter kein Halten mehr. Immer drei Stufen auf einmal nehmend rannte er runter zur Schleuse. Noch während er sich die Aqualunge auf den Rücken schnallte und den Helm fixierte, startete er den

Schleusenvorgang. Rasend schnell füllte sich der Schleusenraum mit Meerwasser. Gerade noch rechtzeitig schloss Peter die Verschlüsse seines Helms. Sofort öffnete sich die Türe. Mit kräftigen Zügen schwamm er zu seinem Scooter. Das Triebwerk startete sofort, als er den Schalter betätigte. Jetzt galt es, so viele Meter als möglich zwischen sich und die Yacht zu bringen, um nicht von der Druckwelle erfasst zu werden. Er gab Vollgas. Wie ein Torpedo glitt er durch das Wasser. Dann tauchte er auf. Peter blickte sich um. Wo war nur das Motorboot des Khans abgeblieben?

Gerade als er sich nach der Yacht umsah, zerbarst diese augenblicklich, ausgelöst durch eine gewaltige Explosion, in tausende von Einzelteilen. Die enorme Druckwelle erreichte auch ihn und riss ihn beinahe von seinem Scooter herunter. Peter musste zweimal schlucken, als er darüber nachdachte, dass Nina nun tot war, ohne dass ihre Rache wirklich Erfolg hatte. Wenigstens war sie im Glauben gestorben, sich für alle Gräueltaten, die ihr widerfahren waren, entsprechend gerächt zu haben, auch wenn es nicht wirklich der richtige Mann gewesen war. Es dauerte einige Minuten, bis sich die Wasseroberfläche wieder beruhigt hatte. Peter drehte seinen Kopf nach allen Seiten. Doch zunächst blieb das Motorboot des Khans verborgen. Peter wählte in seinem Helm die Feldstecher-Funktion, mit der er selbst bei vollkommener Dunkelheit noch gut sehen konnte. Plötzlich hatte er den Khan im Visier, der mit seinem Motorboot wie ein Irrer Richtung Küste raste. Peter wendete seinen Scooter. Sofort tauchte er ab und folgte dem Boot des Asiaten mit Fullspeed.

23

Obwohl Peter beinahe doppelt so schnell vorankam als der Khan mit seinem Boot, war der Vorsprung des Motorbootes einfach zu groß, um es noch einzuholen. Als er das Ufer erreichte, lag das Motorboot verwaist am Strand. Von ihm jedoch fehlte jeder Spur. Peter betrat den Sandstrand. Die Suche nach dem Khan in seinem Neopren-Kevlar Anzug aufzunehmen war nicht anzuraten. Er beschloss, zu Ninas Yacht zurückzufahren, sich dort umzuziehen, etwas auszuruhen und von dort aus die Suche nach dem Khan neu zu planen.

Er benötigte bei Fullspeed kaum eine Stunde, bis er mit dem Scooter an der Birdy anlegen konnte. Der Energiestand des Scooters war damit allerdings gänzlich aufgebraucht. Als er das Deck der Yacht betrat, musste er sich erst einmal setzen. Der Punkt auf der linken Seite oberhalb der dritten Rippe, an dem das Projektil ihn getroffen hatte, schmerzte höllisch. Hätte er den Anzug nicht getragen, wäre er vermutlich mit Nina in den Himmel aufgefahren. Vorsichtig schälte er sich aus dem Anzug heraus. Ein gewaltiges Hämatom machte ihm jäh deutlich, wo die Kugel in getroffen hatte. Peter beschloss zu duschen, etwas zu essen und sobald es hell wurde die Suche nach dem Khan aufzunehmen.

Als es dämmerte, wählte er die Nummer von Simon Sharp in London an.

„Hallo, Mister Sharp."

„Guten Morgen, Peter. Sie hören sich nicht besonders euphorisch an. Was ist geschehen?"

Peter berichtete in kurzen Worten, wie der Einsatz gelaufen war. Der Stille am anderen Ende der Leitung war zu entnehmen, dass Simon Sharp überlegte, und sicher auch ein wenig über Ninas Tod bestürzt war.

„Sind Sie noch dran, Sir?"

„Ja, natürlich, Peter. Wie wollen Sie jetzt weiter vorgehen?"

„Ich werde versuchen, diesen Wahnsinnigen aufzuspüren."

„Das wird nicht leicht werden. Ich melde mich gleich bei Ihnen. Lassen Sie mich zuerst meine Kanäle anzapfen."

„Ja, Sir, ich warte Ihren Rückruf ab."

Als sich der Chef des MI6 telefonisch meldete, hatte Peter die Yacht bereits in den Wind gehangen. Mit ordentlicher Brise segelte er der Küste entgegen. Wenn der Wind nicht drehte, sollte er in drei Stunden am vorgesehenen Ankerplatz eintreffen.

„Hallo, Peter, da bin ich wieder. Ganz kurz als Info für Sie: In seine Lodge kann er nicht zurück. Diese wurde von Polizeikräften gestürmt und alle Anwesenden verhaftet. Außerdem wurden alle Zufahrten gesperrt sowie Tore und Türen versiegelt. Auch sein Strandhaus wurde durchsucht und alles beschlagnahmt. Alle dort Anwesenden befinden sich ebenfalls in Haft. Das Haus wird rund um die Uhr bewacht. Auch dahin kann er nicht zurückkehren. Er wird kein Luxushotel buchen, weil ihn dort jeder kennt. Die kleinen Strandhäuser sind anonymer. Versuchen Sie dort, nach ihm zu suchen. Die Flughäfen, Bahnhöfe und Schiffsterminals werden alle ebenfalls überwacht. Also auf dem offiziellen Weg kann er das Land nicht verlassen."

„Danke, Sir, ich habe hier auch noch ein paar Kontakte. Ich melde mich, wenn ich ihn habe."

Peter musste lachen, nachdem er mit seinem Chef telefoniert hatte. Glaubte man in London tatsächlich, der Khan würde per Linienmaschine Südafrika verlassen? In einem Land, dass so von Korruption durchsetzt war, konnte der Khan leicht auf allen möglichen Wegen von hier verschwinden. Allein in der Umgebung gab es ganz sicher zwei Dutzend kleine Flugpisten, von wo aus er mit einer kleinen, zweimotorigen Maschine verschwinden konnte. Peter musste in der Tat seine Kontakte anzapfen, die jedoch zugegebenermaßen nicht sehr üppig in Südafrika vorhanden waren.

Nachdem er den Strand erreicht hatte, stieg er in den Land-Cruiser. Er musste kurz nachdenken. Wer könnte hier in Frage kommen und Informationen für ihn bereithalten? Britische Pfund-Banknoten zum Dank trug er ausreichend bei sich, denn ohne Bakschisch lief hier in Südafrika eigentlich gar nichts. Peter beschloss, zu Mama Assida zu fahren, um mit ihr zu sprechen. Sie galt in der Umgebung als Heilerin, Informantin und Voodoo Hexe. Ihr entging eigentlich nichts. Dafür waren ihre Infos nie ganz billig. Nach halbstündiger Fahrt erreichte Peter die Außenbezirke von Kapstadt. Mama Assida bewohnte eine aus Stein gemauerte, runde Hütte. Ihr Refugium besaß einen Wasser- sowie einen Stromanschluss und befand sich in einem mehr als ansehnlichen Zustand. Er stellte den Wagen unweit der Hütte auf einem Parkplatz ab. Weil man in diesem Land nie wusste, ob der- oder diejenige, die man noch vor einiger Zeit als Freund kannte, heute die Seite gewechselt hatte, steckte sich Peter seine Neunmillimeter unters Hemd. Der kalte Stahl an seiner Hüfte beruhigte ungemein. Ohne Hast trat er an den Eingang. Mit der linken Hand klopfte er an. Seine rechte Hand verblieb in der Nähe des Pistolengriffs. Auf Afrikans wurde ihm zugerufen, dass er doch bitte eintreten möge. Peter folgte der Einladung und betrat die komfortable Hütte.

Bereits im kleinen Eingangsbereich versank er in teuren Teppichen. Die Hausherrin winkte ihm zu. Wenig später stand Peter im Wohnbereich der Hütte mit Blick auf den Schreibtisch von Mama Assida. Peter erkannte sofort, dass sich die Dame des Hauses nicht viel aus Sport oder körperlicher Bewegung machte. Er meinte sogar zu erkennen, dass sie noch etwas mehr zugelegt hatte.

„Peter McCord, wenn ich mich recht erinnere. Bist du es?"

Mama Assida sprach nun in Hochenglisch mit ihm, obwohl sie ihren Afrikans Dialekt nicht verleugnen konnte. Peter meinte ein Schmunzeln auf ihren Zügen entdeckt zu haben, das sicher mit der Aussicht einherging, irgendwie die Vermehrung ihrer Barmittel zu beeinflussen.

„Was verschafft mir die Ehre deines Besuches, Peter? Ich glaube nicht, dass du unbedingt Sehnsucht nach mir hast."

„Ich freue mich aber doch, dich nach so langer Zeit wiederzusehen, Mama Assida."

Das Schmunzeln der älteren Dame nahm an Intensität zu, was Peter natürlich nicht verborgen blieb.

„Darf ich dich zum Essen einladen?"

„Keine schlechte Idee, mein Freund. Ich lasse uns etwas kommen."

„Ja, mach das. Aber bitte nicht allzu scharf."

„Natürlich nicht. Ich kenne doch die europäischen Mägen."

Mama Assida griff zum Telefon und bestellte einen kleinen Imbiss für zwei Personen. Nach einer halben Stunde Wartezeit, die sie sich mit Smalltalk vertrieben, servierte der Lieferservice ein für zwei Personen äußerst reichhaltiges drei Gänge Menü. Es verstand sich von selbst, dass Peter die Rechnung übernahm. Schließlich hatte er sein Gegenüber zum Essen eingeladen. Als sie beim Dessertkaffee angelangt waren, fand Mama Assida zum Thema.

„Nun, Peter, ein Essen mit dir ist stets sehr kurzweilig und ein Plausch amüsant. Doch dürfte dein Verlangen, mit mir zu speisen, nicht der Grund deines Besuches sein."

„Da hast du völlig recht."

„Was also brennt dir auf der Seele, Peter?"

„Ich suche den Khan."

„Ups, das ist schon ein ordentlicher Brocken und außerdem nicht ungefährlich. Wer seine Nase in die

Angelegenheiten des Khan steckt, verliert sehr rasch sein Leben."

„Das ist mir hinlänglich bekannt. Doch es nützt alles nichts. Ich muss ihn suchen und vor allem finden."

„Was wirst du mit ihm anstellen?"

„Das muss ich sehen. Er soll vor den Europäischen Gerichtshof gestellt werden."

Peter sah sofort, dass die alte Hexe sicher schon in ihrem Hinterkopf darüber nachdachte, wie sie aus ihren neu gewonnenen Informationen richtig Geld scheffeln konnte. Doch genau das musste Peter verhindern. Der Khan durfte keinesfalls gewarnt werden.

„Dafür benötige ich etwas Zeit, Peter. Nach meinem letzten Informationsstand ist gestern seine Yacht in die Luft geflogen. Außerdem wurde seine Lodge, wie auch sein Strandhaus, von der Polizei durchsucht, und alles Wertvolle beschlagnahmt."

„Insoweit sind wir beide auf dem gleichen Wissensstand. Ich muss jetzt wissen, wo sich der Khan aufhält, damit ich ihn festnehmen kann."

„Schon klar, Peter. Komm heute Abend gegen 22:00 Uhr noch einmal vorbei. Dann habe ich sicher neue Infos für dich. Und vergiss deine Brieftasche nicht. Billig wird das nicht werden. Das kannst du mir glauben. Bei einem so prominenten Mann wie diesem Khan gestaltet sich die Recherche äußerst schwierig und daraus folgend kostspielig."

„Das ist mir schon klar, Mama Assida."

„Unter zweitausend Pfund kann ich dir sicher nichts Brauchbares liefern."

„Ok, du hast mich hinreichend informiert. Bis heute Abend."

Peter verabschiedete sich von seiner Kontaktperson und verließ deren Komforthütte.

24

Gemächlich schlenderte er zu seinem SUV. Er nahm auf dem Fahrersitz Platz und beobachtete unbemerkt noch einige Zeit den Eingang zu Mama Assidas Hütte. Kaum zehn Minuten später verließ sie hastig ihr Heim. Geschäftig stieg sie in ihren Wagen und fuhr Richtung Innenstadt. Gerade als Peter ihr folgen wollte, summte sein Handy. Natürlich bemerkte er sofort, dass sein Chef versuchte, ihn telefonisch zu erreichen. Also nahm er umgehend das Gespräch entgegen.

„Hallo, Peter, es gibt Neuigkeiten. Wie sieht es bei Ihnen aus?"

„Hallo, Sir, ich habe meine beste Quelle hier vor Ort angezapft und hoffe, heute Abend wichtige Infos zu erhalten."

„Meine Informanten konnten auf die Schnelle natürlich noch nicht wirklich etwas sagen. Doch wie *es aussieht, möchte der Khan Südafrika schnellstens verlassen und in Richtung Vietnam verschwinden."*

„Das macht den Einsatz nicht gerade leichter, Sir."

„Das ist mir schon klar, Peter. Sie müssen jetzt erst einmal herausfinden, auf welchem Weg er dorthin gelangen möchte. Wie schon gesagt sind alle regulären Wege für ihn blockiert."

„Nun, Sir, von hier aus hat er alle Möglichkeiten, sich ungesehen abzusetzen. Er kann sich mit entsprechenden Barmitteln jeden Fluchtweg kaufen. Dass er vermögend ist, wissen wir ja."

„Richtig, Peter. Versuchen Sie, etwas über seinen Fluchtweg herauszubekommen. Wenn Sie ihn irgendwo aufspüren, sind Sie berechtigt, ihn zu liquidieren."

„Das heißt, Sie erteilen mir wie meinem Kollegen 007 die Lizenz zum Töten, Sir?"

„Sie wissen, dass es so etwas nicht gibt, Peter. Also keine flachen Scherze! Sie wissen aber meine Aussage zu deuten. Wenn Sie den Khan erwischen und er Ärger macht, wovon auszugehen ist, haben Sie freie Hand und meine Rückendeckung."

„Ja, selbstverständlich, Sir. Ich weiß Bescheid und melde mich, wenn es etwas Neues gibt."

„Ich auch, sobald ich im Besitz neuer Informationen bin."

Und schon war, wie nicht anders von Peter erwartet, der Chef des MI6 aus der Leitung verschwunden.

Mama Assida hatte er wegen des Telefonates natürlich aus den Augen verloren. Sie war ins Verkehrsgewühl der quirligen Stadt eingetaucht. Um eventuell doch noch etwas über den Verbleib des Khans in Erfahrung zu bringen, fuhr Peter nach Port Elisabeth. Er stellte seinen Cruiser am Stadtrand auf einem Parkplatz ab, an dem er normalerweise aus Sicherheitsgründen vorbei gefahren wäre. Zwei Jugendliche saßen rauchend im Schatten eines Baumes und hörten laut Musik. Peter schlenderte zu ihnen herüber und grüßte sie freundlich. Er drückte jedem von ihnen einen Randschein in die Hand mit der Bitte, ein Auge auf seinen Wagen zu werfen. Peter wusste nur allzu genau, dass solche Maßnahmen den Verbleib seines SUVs hier auf dem Gelände sicherten. Vom Parkplatz aus nahm er den Weg in Richtung Hafen. Dieses heruntergekommene Viertel gehörte den Kleinkriminellen, Zuhältern und Dealern. Drogen und Huren gab es an jeder Ecke. Hier konnte man einfach alles kaufen, was sonst nirgendwo legal zu erwerben war. Waffen jeglicher Art oder auch einen Auftragsmörder bekam man hier für kleines Geld. Entsprechend häufig wurde Peter angesprochen. Selten wurde in dieser Straße einmal ein Weißer angetroffen.

Er hatte von der Hitze Durst bekommen. Ein Stück lief er noch weiter, bis er in einer äußerlich ziemlich heruntergekommenen Kaschemme einkehrte, die er aus vergangener Zeit gut kannte. Der Gastraum sowie die Theke waren entgegen seinen Erwartungen sehr gepflegt und sauber. Die Kneipe war völlig leer. Peter nahm am Tresen Platz. Er bestellte beim Wirt ein Mineralwasser. Knurrig stellte der seinem einzigen Gast die Flasche Wasser mit einem Glas vor die Nase. Peter zog ein eher schlechtes Foto vom Khan aus der Tasche und hielt es dem Wirt unter die Nase.

„Kennst du diesen Mann und weißt du, wo ich ihn finde?"

Jovial griff der Wirt nach dem Foto. Als er den Mann erkannte, der dort abgebildet war, trat ihm mit einmal der Schweiß auf die Stirn. Peter bemerkte sofort, dass der Wirt Angst hatte.

„Nein, den kenne ich nicht."

„Ich denke aber schon. Er hat mir gesagt, dass er dich kennt."

„Na gut, ich habe ihn vielleicht ein oder zweimal hier gesehen. Er war gestern nur auf ein Bier hier."

„Der Mann trinkt überhaupt kein Bier. Du lügst mich an. Also was wollte der Mann von dir?"

„Nichts, gar nichts. Er war mit Freunden hier, hat ein paar Häppchen bestellt und zwei Gläser Wein getrunken. Dann ist er wieder verschwunden."

Die Dimensionen der Schweißperlen auf der Stirn des Wirtes nahmen an Größe heftig zu.

„Was willst du von dem Mann? Trink dein Wasser und verschwinde."

Peter war nicht der Mann, der Gewalt einzusetzen pflegte, um seine Interessen durchzusetzen. Doch manchmal ließ sich dies leider nicht vermeiden. Blitzschnell packte er den Hals des Wirtes und schlug dessen Kopf moderat mit der Stirn auf der Theke auf.

„Hör zu, du Penner. Ich bin hier derjenige, der Fragen stellt. Also, wo finde ich den Mann?"

Peter spürte, dass der Wirt heimlich irgendetwas unter der Theke hervorzukramen versuchte. Da er ein Messer vermutete, zog Peter seine Pistole unter dem Hemd hervor und drückte dem Wirt die Laufmündung unter die Nase.

„Leg beide Hände auf die Theke, mein Freund. Sonst endet jetzt in diesem Moment unsere Freundschaft. Das wäre doch jammerschade. Und schön langsam mit den Händchen."

Der Wirt hatte sofort bemerkt, dass Peter kein Anfänger war und folgte seinen Anweisungen.

„Er sucht nach einem Weg, hier unerkannt wegzukommen. Der Typ will wohl zurück nach Asien. Auf jeden Fall scheint er viel Geld zu haben. Er hat für einen schnellen Transit per Schiff fünfzigtausend Dollar geboten. Ich habe ihm den Namen eines Kapitäns genannt, der morgen mit seinem Frachtschiff mit Namen Lutetia nach Vietnam in See sticht."

„Wie heißt der Kapitän? Warum muss ich dir eigentlich jede Information einzeln aus der Nase ziehen, Kumpel?"

„Victor, Victor Marche. Er ist Franzose und kennt sich in Indochina bestens aus."

„Wo liegt sein Schiff?"

„Hier im Hafen. Genauer weiß ich das nicht."

„Na schön, Kumpel, wenn du mir Unsinn erzählt hast, solltest du dir ganz schnell einen anderen Aufenthaltsort suchen. Aber auch dort werde ich dich finden. Versprochen."

Peter ließ den Wirt los, warf ihm einen kleinen Schein fürs Wasser auf die Theke und verschwand so unauffällig und still, wie er erschienen war.

Er beeilte sich, rasch sein Fahrzeug zu erreichen. Der Weg von der Gastwirtschaft zum Hafen führte ihn durch das gefürchtete Viertel der Gangs und Clans, was ihn zu besonderer Vorsicht animierte. Wer wusste schon, ob sich der Wirt nicht an ihm rächen wollte und den Spähern der Banden einen Tipp gab, um ihn auszurauben. Peter kannte die Kneipe noch von einem länger zurückliegenden Einsatz her. Sie war Dreh- und Angelpunkt für so manchen Deal der Unterwelt. Lediglich der Wirt hatte gewechselt. Wenn er richtig informiert war, kam der Kneipier bei einer Schießerei ums Leben. Auch dessen Finger steckten in so manch schmutzigem Geschäft. Peter fand sein Fahrzeug in dem Zustand vor, wie er es dort abgestellt hatte. Die beiden Jungs winkten ihm zu. Peter ging kurz zu ihnen und drückte jedem noch einen kleinen Schein in die Hand. Als er jedoch das Foto mit dem Konterfei des Khans, aus der Tasche zog, verflog ihre Fröhlichkeit und Angst legte sich auf ihre Gesichter.

„Der Typ ist sehr gefährlich, Mann. Der hat hier alles fest im Griff. Wer über ihn spricht, ist dem Tod geweiht."

„Ihr braucht mir nichts über ihn zu erzählen. Sagt mir einfach nur, ob ihr ihn gestern Abend hier gesehen habt."

Ein stummes Nicken verriet Peter, dass der Khan tatsächlich gestern hier gewesen war. Doch wo er sich versteckt hielt, konnten oder wollten die beiden nicht sagen. Die Angst war einfach zu groß. Er hoffte auf ein paar gute Infos aus dem Mund von Mama Assida. Peter dankte den Jungs, setzte sich in seinen Wagen und fuhr Richtung Hafen. Im Rückspiegel konnte er erkennen, dass die beiden Jungs ihm nachdenklich und teilnahmslos nachschauten.

25

Peter umfuhr die Zufahrt zum abgesperrten Yachthafen, wo sich nur die Schönen und Reichen auf ihren gewaltigen Booten Champagner trinkend in der Sonne aalten. Hier würde sich der Khan sicher nicht verstecken. Er würde bestimmt lieber unerkannt bleiben, um kein Aufsehen zu erregen. Ein Stück fuhr Peter noch, bis er seinen SUV vor der Fischversteigerungshalle abstellte. Zuerst warf er einen Blick auf die Köstlichkeiten des Meeres, die hier in großen Mengen feilgeboten wurden. Doch um einer Versteigerung beiwohnen zu können, kam er entschieden zu spät. Jetzt um die Nachmittagszeit versuchten die Fischer nur noch, alle Restbestände, die am Morgen nicht versteigert wurden, an die Frau oder den Mann zu bringen. Peter schlenderte weiter zu den Kais, wo die großen Pötte lagen, deren Ladung gerade gelöscht wurde oder die im Begriff waren vollgeladen auszulaufen. Plötzlich tauchte ein gewaltiges Containerschiff am Kai auf, dass unter chinesischer Flagge fuhr. Peter konnte sich nicht vorstellen, dass der Khan sich auf dieses Schiff geflüchtet hatte. Wenn er in China den Führern der Triaden in die Hände fiel, hatte er ganz sicher sein Leben verwirkt. Gegen diese Verbrechergiganten war er nur ein winziges Flämmchen, dass sie auspusteten, wie es ihnen genehm war. Noch in Gedanken tauchte mit einmal ein Frachtschiff, das unter französischer Flagge fuhr, vor seinen Augen auf. Der Schiffsname, in weißen Lettern auf die dunkle Stahlwand lackiert, lautete Lutetia. Wie elektrisiert verlangsamte Peter seinen Gang. Bevor er die Gangway hochlief, nahm er den Frachter noch einmal richtig in Augenschein. Das Frachtschiff hinterließ äußerlich einen ordentlichen Eindruck. Mit großen Schritten marschierte Peter die Gangway hoch bis zum Eingang. Sofort betrat er den Frachter und schaute sich um. Die Klappen der Laderäume standen weit offen. Palette um Palette verschwand, von mehreren Kränen manövriert, im Bauch des Laderaums. Hier wurde im Akkord gearbeitet. Zeit war nun einmal in diesem Gewerbe bares Geld. Das schien auch der Grund zu sein, warum er keine einzige Menschenseele antraf, die er nach dem Verbleib des Kapitäns befragen konnte.

Um nicht allzu viel Zeit zu verlieren, kletterte Peter die stählerne Treppe zur Brücke des Frachters hoch. Leicht hinter Atem klopfte er an die Türe der verglasten Brücke. Der Kapitän und sein erster Offizier beobachteten von hier oben den Verladevorgang. Ungehalten drehte sich der Schiffsführer um.

„Was wollen Sie hier oben? Sind Sie von der Hafengesellschaft?"

„Nein, mein Name ist Peter McCord. Ich bin auf der Suche nach diesem Mann."

Peter zeigte dem Kapitän das Foto des Khans.

„Kennen Sie ihn? War er hier, um nach einer Mitfahrgelegenheit für die Passage nach Vietnam zu fragen?"

„Kapitän Marche ist mein Name. Das ist Fred Boulonger, mein erster Offizier. Wer will das denn wissen?"

„Wie schon gesagt, mein Name ist McCord. Ich arbeite für die Ausländerbehörde. Sie sind Franzose, nicht wahr."

„Ich bin Korse, McCord, kein Franzose."

„Dann können wir ja weiter Englisch sprechen. Also, war der Mann bei Ihnen wegen einer Passage nach Vietnam oder nicht?"

„Ja, er war bei mir. Er wollte mir $ 50.000 zahlen, wenn ich ihn mitnehme und verstecke. Er hat keinen gültigen Pass, wie er sagte."

„Und ist er an Bord?"

„Natürlich nicht, Mister McCord. Ich halse mir nicht noch mehr Ärger auf, als ich eh schon habe. Wir haben unsere Abfahrt bereits um zwei Tage verschieben müssen, weil die Hafenmeisterei zu wenig Personal hat und ein Ladekran defekt ist. Das kostet unsere Reederei ein Vermögen."

„Das ist mehr als bedauerlich, Mister Marche. Ich könnte Ihnen noch mindestens vier weitere Tage Auslaufsperre bescheren, wenn ich Ihnen nicht glaube und das Schiff von oben bis unten durchsuchen lasse."

„*Mister McCord, der Asiate ist unverrichteter Dinge von Bord gegangen. Glauben Sie mir bitte, ich nehme keine Passagiere mit. Das gibt nur Ärger. Aber hier im Hafen liegt so eine gewaltige Reisschüssel aus Singapur. Ist ein Containerschiff. Es ist die Minjou. Versuchen Sie es mal dort. Aber seien Sie vorsichtig. Der Kapitän und die Besatzung sind keine christlichen Seefahrer wie wir.*"

Jetzt musste selbst Kapitän Marche über seine eigene Aussage lachen.

„*Nichts für ungut, Sir. Ich glaube, die fahren auch nach Vietnam, um einen Teil ihrer Ware zu löschen. Aber wie schon gesagt, seien Sie auf der Hut.*"

„*Ok, danke für den Hinweis, Kapitän Marche. Gute Fahrt.*"

„*Danke, McCord.*"

Peter verließ die Brücke und begab sich zurück an Land. Obwohl ein Bummel entlang der fest vertäuten Ozeanriesen weder erlaubt noch wirklich immer gesund war, spazierte Peter weiter. Er wäre nicht der erste Tourist, der klammheimlich und für immer, verschwand. Peter wollte trotzdem nachschauen, ob er die Minjou fand. Und tatsächlich: Etwa drei Kilometer weiter erblickte er bereits von weitem die gigantischen Aufbauten des riesigen Container-schiffes. Am Bug prangte in großen, weißen Lettern der Schiffsname Minjou. Wie viele hundert

Seecontainer auf dem Frachter standen, konnte Peter nicht ermitteln. Doch hinterließ das Schiff den Eindruck, dass es bereit war für den Befehl: Leinen los. Da jedoch die Gangway noch nicht eingezogen war, lief Peter nach oben. Es brauchte eine ganze Zeit, bis er den seitlichen Zugang etwa in mittlerer Höhe der Backbordwand erreichte. Entgegen dem Verhalten der Seeleute auf der Lutetia wurde Peter auf der Minjou sofort von zwei Seeleuten daran gehindert, das Schiff zu betreten. Erst als er deutlich machte, dass er ein Mitarbeiter der Hafenbehörde sei und den Kapitän zu sprechen wünsche, wurde telefoniert. Wenig später führten zwei Seeleute Peter durch das Schiff hoch zur Offiziersmesse. Dabei durchquerten sie einen Bereich, den Peter eigentlich ganz sicher nicht zu Gesicht bekommen sollte. Rechts und links des Ganges erblickte er winzige, vergitterte Räume. Auf zwei Etagenbetten mit jeweils drei Liegeflächen übereinander hausten sechs junge, farbige Mädchen. Ihrem Aussehen nach konnte man die Mädels als sehr heruntergekommen bezeichnen. Peters Guides wurden unruhig und schubsten Peter in den Rücken, damit er nicht allzu viel sah. Nachdem sie noch einige weitere Gänge entlanggelaufen waren, erreichten sie den Offiziersbereich. Nach lautem Klopfen und dem Abwarten eines Herein in chinesischer Sprache öffneten die beiden Seeleute die Doppeltüre zur

Offiziersmesse. Der Kapitän und zwei seiner Offiziere saßen in schneeweißen Uniformen an einem runden Mahagonitisch. Wenig erfreut über seine Anwesenheit grüßten sie Peter kopfnickend und erlaubten ihm, Platz zu nehmen.

„Was können wir für Sie tun, Mister McCord? Wir sind sehr in Eile, da wir in wenigen Minuten ablegen werden. Sie kommen von den Hafenbehörden?"

„So ist es, Captain. Wir suchen diesen Mann."

Peter zog das Foto des Khans aus der Tasche und schob es dem Schiffsführer zu. Die drei Offiziere sahen sich das Foto an, ohne auch nur mit den Wimpern zu zucken. Die Männer begannen laut auf Chinesisch zu palavern.

„Dieser Mann ist hier weder vorstellig geworden noch bekannt, Mister McCord. Tut mir leid. Würden Sie jetzt bitte mein Schiff verlassen. Wir müssen unseren Zeitplan einhalten."

„Das würde ich gern tun, nur nicht unverrichteter Dinge, Captain. Der Mann ist sehr wohl hier gewesen und hat auch eine Kabine für die Überfahrt erhalten. Also wo ist er?"

„Wollen Sie mich der Lüge bezichtigen?"

„Keinesfalls, Captain, eines Ihrer Crewmitglieder wollte sich wohl die gebotenen $50.000,00 verdienen."

„Ihre Behauptungen sind ungeheuerlich."

„Das sehe ich anders, Captain. OK, wenn wir nicht auf Ihre Unterstützung zählen dürfen, werden wir ihr Schiff Raum für Raum und Kabine für Kabine durchsuchen. Da unten lebt auch eine große Zahl von jungen Mädchen. Was ist mit den Frauen?"

„Das sind Arbeiterinnen für eine Fabrik in China. Sie haben alle Arbeitsverträge erhalten und Einreisegenehmigungen in China. Hier gibt es nichts zu bemängeln."

„Ok, auch das prüfen wir nach, Captain. Die Minjou hat hiermit für vier Arbeitstage Auslaufverbot."

Der Kapitän kochte vor Wut und schrie seine Offiziere auf Chinesisch an.

„Meine beiden Offiziere werden jetzt mit Ihnen unsere wenigen Gästekabinen durchgehen. Sie werden feststellen, dass wir keine ungebetenen Gäste an Bord haben. Dann dürfen wir hoffentlich umgehend auslaufen."

Nachdem die beiden jungen Offiziere den Dunstkreis ihres Kapitäns verlassen hatten, benahmen sie sich gleich gelöster. Nach wenigen Treppenabgängen erreichten sie das Kabinendeck. Der junge Leutnant zur See öffnete die Türe zu einem längeren schmalen Gang. Ein wenig irritierte Peter, dass der Leutnant zuerst zum Ende des Ganges lief und von dort aus eine Türe nach der anderen öffnete, um Peter zu zeigen, dass die Kabinen unbelegt waren. Nachdem sie drei Räume inspiziert hatten, öffnete sich ganz leise die erste Türe rechts am Anfang des Ganges. Doch Peter verfügte über ein sehr gutes Gehör. Er verließ die durchsuchte Kabine und sah, wie der Khan die erste Kabine verließ und zur Gangway des Schiffes rannte.

Ein Schuss peitschte Peter entgegen. Glücklicherweise durchschlug das Neunmillimeter Projektil lediglich ein Stufenblech der Gangway. Peter zog ebenfalls seine Waffe aus dem Innenbundhalfter und schoss zurück. Doch der Khan war flink wie ein Eichhörnchen. Er hatte bereits wieder festen Boden unter den Füßen. Kurz drehte er sich um und schoss erneut auf Peter, der sich jedoch geschickt wegdrehte. Als Peter mit einem ordentlichen Satz den Asphalt des Kais erreichte, war der Khan jedoch bereits verschwunden. Peter rannte zu den großen Schuppen. Doch darin konnte man problemlos einen Vierzigtonner verstecken, ohne ihn je wiederzusehen. Ziemlich außer Atem trat Peter aus dem gewaltigen Gebäude und schaute zu den Kais. Die Minjou hatte offensichtlich sofort die Gangway eingezogen, nachdem er das Schiff verlassen hatte. Die Leinen waren eingeholt und der riesige Containerfrachter bewegte sich bereits langsam, aber stetig vom Kai weg Richtung Hafenausfahrt und offenes Meer.

26

Allmählich begann es zu dämmern. Peter schaute auf seine Armbanduhr. Es verblieb ihm noch reichlich Zeit bis zum Treffen bei Mama Assida. Unzufrieden mit dem Ausgang der Jagd nach dem Khan suchte er sein Auto auf. Langsam schwamm er im abendlichen Verkehr Richtung Innenstadt mit. Wo sollte er nur nach dem Khan suchen? Der Mann schien sich hier gut auszukennen. Peter musste sich wohl weiter im Milieu durchfragen, ob und wo sich der Khan nach einer Passage nach Vietnam umgehört hatte. Peter stellte seinen Wagen in einem neuen, hypermodernen Parkhaus ab. Weil ein kleines Hungergefühl sein Unwohlsein förderte, lief er in die Innenstadt. Jetzt um diese Zeit waren die Temperaturen bereits erträglich. Doch die Touri-Fresspaläste waren noch nie sein Ding gewesen. Er bog von der Hauptstraße ab und schlenderte durch eine der Nebengassen, wo die einheimischen Restaurants ansässig waren. Schnell hatte er ein sehr sauberes und gepflegt aussehendes Etablissement mit kreolischer Küche gefunden. Peter nahm an einem der kleinen Tische Platz. Nur wenige weitere Tische waren besetzt. Eine bildhübsche, schlanke Frau mit dunklem Teint brachte Peter die kleine Speisekarte. Die junge Frau sprach hervorragend Englisch. Er bestellte Tintenfisch mit frischem

Gemüse, Süßkartoffeln und Kräutern im Tontopf gegart. Dazu eine Literflasche Mineralwasser.

Peter versank ein wenig in Gedanken. Vieles ging ihm gerade durch den Kopf und müde war er darüber hinaus. Der schreckliche Freitod von Nina und der Verbleib des Khans ließen ihn einfach nicht zur Ruhe kommen. Die Bilder von Ninas lachendem und fröhlichem Gesicht tanzten vor seinem inneren Auge umher. So bemerkte er zwar die junge Afrikanerin, die mit einem geschlossenen Korb um die Ecke bog und langsam auf ihn zulief. Doch wirklich wahr nahm er sie nicht. Erst als sie nur noch etwa zwei Meter von ihm entfernt stehen blieb, den Deckel vom Korb riss und ihm diesen vor die Füße warf, reagierte er. Wie in einem Film lief die Handlung vor seinen Augen ab. Während der Korb auf ihn zu rollte, verließ eine dunkel gefärbte Schlange mit einer Länge von gut eineinhalb Meter das geflochtene Behältnis und schlängelte auf ihn zu. Aus seinen Gedanken gerissen reagierte Peter sofort. Reflexartig und keine Sekunde zu früh griff Peter nach dem Sitzkissen des Stuhles neben sich und schleuderte es der Schlange entgegen. Ihr Biss verfing sich im Schaumstoff des Kissens. Die Bedienung lief sofort mit einem Spaten bewaffnet herbei und trennte beherzt den Schlangenkopf vom Körper des gefährlichen Reptils ab. Das junge Mädchen, das den Korb getragen hatte, war jedoch wie vom Erdboden verschluckt.

„Du hattest großes Glück, Fremder. Bei der Schlange handelt es sich um eine schwarze Mamba. Deren Biss ist sehr giftig und endet meist tödlich. Komm, setz dich hier an diesen Tisch, damit du in Ruhe essen kannst. Wo kam die Schlange her? Etwa aus dem Garten von gegenüber?"

„Danke für deine Hilfe. Nein, ein junges Mädchen hat sie in einem Korb hergetragen."

„Oh weh, du scheinst einen mächtigen Feind zu haben. Wenn dir ein Voodoo Zauberer eine giftige Schlange schickt, bist du verflucht. Iss schnell auf und dann geh bitte und komm nicht wieder."

Peter nickte nur kurz. Der Tintenfisch schmeckte fad und war nicht wirklich nach seinem Geschmack. Wahrscheinlich lag das aber auch daran, dass ihm noch der Schrecken des Anschlages in den Gliedern steckte. Die Bedienung schickte zum Abkassieren ihren Chef. Sicher hatte sie vor dem Fluch des Voodoo Priesters Angst und traute sich nicht mehr, mit Peter zu sprechen. Ihm war es gleich. Sollten sie sich nur alle vor ihm fürchten. Sein Weg führte ihn noch kurz in ein Bistro wo, er zwei starke Espresso zu sich nahm und in Folge zum Parkhaus. Als er hinter dem Lenkrad Platz genommen hatte und seine Hände nach seinem Mobiltelefon in der Hemdtasche fingerten, spürte er, dass sie zitterten. Peter legte den Kopf gegen die Kopfstütze und wählte die Nummer von Simon Sharp. In kurzen Worten setzte er seinen Chef über den Stand der Dinge in Kenntnis.

„Das ist alles nicht besonders zufriedenstellend, was Sie mir zu berichten haben. Das Problem ist nur, dass ich auf Antworten auf Südafrika immer so lange warten muss. Auch meine Informanten hüllen sich in Schweigen. Der Khan hat überall in der Stadt und gerade in der einschlägigen Unterwelt mächtige Freunde. Seien Sie also auf der Hut, Peter. Wenn ich Infos erhalte, melde ich mich sofort bei Ihnen. Die örtlichen Behörden sind dem Khan auch auf den Fersen. Doch wie schon gesagt, er hat überall Freunde, die ihm noch etwas schuldig sind."

„Ich weiß, Sir. Ich hoffe nur, meine Informantin hat noch etwas Interessantes für mich in petto."

„Ok, Peter. Dann bis später. Wir bleiben in Kontakt." Peter nickte kurz zustimmend vor sich hin, obwohl sein Chef dies ganz sicher nicht sehen konnte.

Da die Zeit bereits fortgeschritten war, startete er den Motor. Ohne Hast fuhr er zu Mama Assida. Die Parktasche direkt gegenüber ihrer Hütte war nach wie vor verwaist. Mit Schwung rangierte er den SUV rückwärts hinein. Bevor er ausstieg, sondierte er die Lage. Die Strahler hinter den bunt verglasten

Fenstern der Hütte illuminierten stimmungsvoll in allen Regenbogenfarben die Fassade. Peter öffnete die Wagentüre und schlenderte zum Eingang der Nobelhütte. Noch bevor er auf den Klingelknopf drückte, bemerkte er, dass die Eingangstüre nur angelehnt war. Peter stellten sich langsam die Nackenhärchen auf. Die Stille gefiel ihm überhaupt nicht. Hier stimmte definitiv etwas nicht. Langsam schob er die Türe mit dem Fuß auf. Sie quietschte ein wenig in den Angeln, was ihm heute Morgen gar nicht aufgefallen war. Peter trat in den Flur und verschloss mit dem Fuß die Türe. Die Stille, in die er getreten war, schmerzte in seinen Ohren. Ein unangenehmer Geruch nach Kupfer waberte durch den Flur. Eine böse Vorahnung machte sich in seinem Hirn breit. Mit jedem Schritt, mit dem er tiefer in die Behausung eindrang, verstärkte sich der Geruch und verwandelte sich zum ekelerregenden Gestank. Als er den Wohnbereich betrat, bestätigten sich all seine Vermutungen. Irgendwer hatte hier ein Blutbad angerichtet. Die weißen Ledermöbel wie auch der farbgleiche Teppich sowie die Wände wiesen allesamt zumindest Blutspritzer auf. Die große, weiße Decke, auf der Mama Assida lag, hatte sich mit ihrem Blut vollgesogen. Wie es schien, hatte der Täter sie hasserfüllt mit einer Garotte enthauptet. Entsprechend groß verteilte sich die Blutmenge in allen Richtungen. Dies alles hier wird für die

Gerichtsmediziner eine schwierige Aufgabe werden, dachte sich Peter. Auch wenn er Profi war, schüttelte er einen solchen Anblick nicht so einfach ab. Peter musste würgen. Mama Assida war ein ausgekochtes Schlitzohr. Doch sie so abgeschlachtet da liegen zu sehen, traf ihn bis ins Mark.

Peter holte mehrfach tief Luft, um sich wieder zu fangen. Sodann rannte er in die Küche und suchte nach Gummihandschuhen, die er gleich fand. Er streifte die Handschuhe über und begann den Schreibtisch der Hausherrin auf den Kopf zu stellen. Die Kunst bestand jetzt darin, keine Spuren zu hinterlassen. In der untersten, rechten Schublade fand Peter eine Klarsichtmappe mit einem handbeschriebenen DIN A 4 Blatt. Doch er konnte die Notizen nicht wirklich lesen. Sie waren in Afrikans aufgeschrieben. Lediglich der Begriff Khan war entzifferbar. Für Peter war es jetzt an der Zeit zu verschwinden. Handschuhe und Klarsichthülle steckte er ein und lief zurück zu seinem Wagen. Von hier aus rief er seinen Chef in London an.

„Hallo, Peter, Sie müssen dort sofort verschwinden. Ich werde von hier aus alles Nötige in die Wege leiten. Fahren Sie zurück in Ihr Hostal nach Carnarvon. Versuchen Sie, die Nachricht von einer Vertrauensperson in Englisch übersetzen zu lassen.

Vielleicht steht darauf zu lesen, wie sich der Khan absetzen möchte. Nur verschwinden Sie ganz schnell. Wenn sie die Vertreter der Behörden dort an einem Mordtatort erwischen, wandern Sie erst einmal ins Gefängnis und es wird verdammt schwer, Sie da wieder rauszuholen. Ich melde mich, wenn ich Neuigkeiten habe."

„Bin schon unterwegs, Chief."

Doch seine Antwort verschwand wie gewohnt ungehört im Äther.

27

Peter ließ den Motor an und fuhr ohne Licht einzuschalten in Richtung der Hauptstraße, auf die er abbog. Jetzt gab er Gas. Er wurde erst ruhiger, als er das heruntergekommene Ortsschild von Carnarvon erblickte. Schnell fand er das Hostal von Maria wieder. Den SUV parkte er einige Straßen weiter. Als er die Türe zur Herberge öffnen wollte, stellte er ernüchtert fest, dass sie verschlossen war. Er klopfte mehrfach, bis im Haus ein Licht aufleuchtete. Maria schaute durch den Türschlitz und freute sich, Peter wieder zu sehen.

„Hallo, Peter, schön, dass du wieder zu mir gekommen bist. Dein Zimmer ist noch frei."

Maria lachte laut über ihre Aussage, da nicht ein einziges Zimmer sonst vermietet war.

„N`Abend, Maria, dann wird das Zimmer jetzt sicher teurer, wenn du es extra für mich freigehalten hast." Maria lachte und fiel Peter um den Hals.

„Komm rein. In der Stadt ist wieder Ruhe eingekehrt, nachdem die Männer des Khans hier wie die Berserker gewütet haben. Viele Kolleginnen und Kollegen haben dabei alles verloren. Manche sogar noch ihr Leben obendrein. Magst du etwas essen? Du siehst verdammt blass aus. Geht es dir nicht gut? Wo ist denn die junge Frau abgeblieben? Nina heißt sie doch, oder?"

„Mir geht es so lala. Nina ist tot. Mehr darf ich dir dazu nicht sagen. Ich würde gern eine Kleinigkeit essen und ein Glas Wein dazu trinken."

Geschockt von Peters Nachricht hielt sich Maria die Hand vor den Mund, um nicht loszuschreien.

„War das der Khan?"

Peter legte den rechten Zeigefinger an die Lippen und schwieg.

„Ok, bin schon still. Ja, ich habe noch ein paar leckere Sachen im Froster. Geh hoch und mach dich etwas frisch. In einer halben Stunde können wir essen."

„Eine Bitte habe ich vorher noch. Du sprichst doch Afrikans?"

„Ja, sicher, warum?"

„Kannst du mir diese Notiz übersetzen?"

„*Gib mal her.*"

Maria nahm sich das DIN A 4 Blatt und überlas die Notizen.

„*Das ist ein Reiseplan für eine Person von Südafrika nach Vietnam. Hier steht noch, dass es sich um den Fluchtplan des Khans handelt.*"

„*Ja, ich weiß Bescheid, Maria. Du darfst mit niemandem über das, was du da gelesen hast, sprechen. Es kann lebensgefährlich für dich werden. Übersetz mir bitte alles, was dort zu lesen steht, und schreib es auf das Blatt Papier.*"

„*Ok. Also hier steht: Morgen um 16:30 p.m. fliegt der Khan von einem unbekannten Feldflughafen aus mit einer privat gecharterten zweimotorigen Maschine nach Somalia. Auch der Ziellandeplatz ist unbekannt. Von Somalia aus fliegt er zwei Tage später mit Pegasus Airways in den Jemen nach Aden. Landen wird er auf dem privaten Flughafen der Pegasus Airways. In Aden wird er eine gecharterte Jacht besteigen und durch die Straße von Malakka Richtung Vietnam segeln. Zielort ist Da Nang, ziemlich hoch im Norden des Landes. Mehr steht da leider nicht, Peter.*"

„*Danke, Maria, du hast mir sehr geholfen. Ich gehe jetzt mal hoch duschen. Bis gleich.*"

„*Du hast eine halbe Stunde Zeit. Wenn du nicht pünktlich bist, esse ich alles allein auf.*"

Lachend lief Peter die Treppe hoch und betrat sein Zimmer. Um keine technischen Überraschungen zu erleben, ließ er sein Spezialhandy nach Abhörsystemen suchen. Doch sein Zimmer war clean. Er warf seine Reisetasche auf den Sessel und wählte die Rufnummer von Simon Sharp.

„Hallo, Peter, alles ok bei Ihnen?"
„Ja, geht so, danke der Nachfrage, Sir. Ich habe den Fluchtplan vom Khan übersetzt bekommen. Er will nach Nordvietnam, genauer gesagt nach Da Nang. Der Plan ist bereits auf Ihrem Handy."
Peter hatte ihm seine Übersetzung per WhatsApp übermittelt.
„Wenn ich mir den Plan so anschaue, versucht er auf direktem Weg nach Vietnam zu flüchten."
„Was denken Sie, Peter, können Sie ihn unterwegs abfangen?"
„Das glaube ich nicht, Sir. Wir kennen seine Destinationen nicht, wo er zwischenlanden wird. Außerdem stehen mir weder in Somalia noch im Jemen zuverlässige Quellen zur Verfügung, die ich anzapfen könnte. Ich werde mir Ninas Yacht schnappen, in einer Nacht- und Nebelaktion Lebensmittel und Diesel bunkern und versuchen auf direktem Weg nach Da Nang zu segeln."

„Könnte knapp werden, Peter. Aber auch wir haben weder in Somalia und erst recht nicht in Aden zuverlässige Partner. Versuchen Sie es, Peter."

„Nun, Vietnam ist keineswegs mein Traumland für eine solche Operation. Aber habe ich eine andere Wahl?"

„Wohl nicht, Peter. Dann erwarte ich Ihre Berichte. Wenn ich helfen kann, melden Sie sich sofort. Alles Gute, Peter."

Simon Sharp hatte bereits aufgelegt, wie es Peter nicht anders erwartet hatte. Jetzt befreite er sich erst einmal von all seinen Kleidern. Anschließend sprang er unter die Dusche.

„Komm, setz dich, Peter. Essen ist fertig."

„Ist ja fast wie zu Hause. Das sieht ja lecker aus."

„Gulasch vom Lamm mit Nudeln und Salat. Sag mal, wartet bei dir zu Hause eigentlich eine Frau auf dich?"

„Auf mich wartet immer irgendwo eine Frau. Hört sich machomäßig an, weiß ich, aber ich kann keine Beziehung eingehen. Das predige ich jeder Frau, die ich kennenlerne. Ich bin laufend unterwegs und mein Job ist häufig auch nicht ganz ungefährlich, mein Leben stets vakant. Warum?"

„Weil ich darüber nachdenke, hier alles aufzugeben und dich zu bitten, mich mit nach England zu nehmen. Ich habe eine Tante, die in Irland lebt und zu der würde ich gerne ziehen."

„Unter normalen Umständen wäre das sicher kein Problem. Doch du hast den Plan gelesen, wohin ich fahren werde. Ich habe den Auftrag, den Khan aufzuspüren und festzunehmen. Da kann ich dich leider nicht mitnehmen. Das wird kein Spaziergang werden, glaub es mir."

„Ich habe keine Angst, Peter, und folge dir auch nach Asien."

„Das geht aber leider nicht. Ich darf niemanden bei der Durchführung meiner Aufträge mitnehmen."

Maria zog einen Schmollmund. Peter ließ sich davon jedoch nicht beeindrucken. Er aß seine Portion mit dem köstlichen Gulasch komplett auf. Nach dem zweiten Glas Rotwein entspannte er sich ein wenig.

„Das war superlecker."

„Ich habe noch einen Früchtecocktail. Magst du?"

„Bevor du ihn wegwerfen musst, gern."

Maria grinste und begann abzuräumen. Peter stand auf und half ihr, was sie völlig zu erstaunen schien.

„Afrikanische Männer machen das nicht, bei der Hausarbeit helfen."

„Ich bin ja auch kein afrikanischer Mann."

„Es gefällt mir aber, wenn du mir hilfst."

Nach dem dritten Glas Rotwein zahlte Peter die Rechnung, obwohl dies Maria gar nicht wollte. Er verabschiedete sich und ging in sein Zimmer.

„Soll ich dich nicht besser ins Bettchen bringen?"

„Nein, Maria, das Angebot würde ich ja gern annehmen, aber ich muss morgen ganz früh los. Außerdem bin ich völlig kaputt."

„Schade, du gefällst mir sehr gut."

„Danke, Maria. Kann ich um 06:00 Uhr Frühstück bekommen?"

„Ja klar, ich bereite alles vor."

Peter beeilte sich, rasch in sein Zimmer zu gelangen. Dort zog er sich gleich aus, putzte noch seine Zähne und warf sich ins Bett.

28

Maria hatte sich, wie nicht anders zu erwarten, viel zu viel Arbeit mit seinem Frühstück gemacht. Fünfzehn Minuten nahm er sich dafür Zeit. Dann bezahlte er seine Zimmerrechnung und verließ das Hostal. Die Tränen, die Maria vergoss, nachdem er gegangen war, sah er schon nicht mehr. Er stellte den SUV dort ab, wo er das Schlauchboot festgemacht hatte, und schickte dem Vermieter eine WhatsApp, damit dieser seinen Wagen abholen konnte. Den Ausgleich der Rechnung konnte er über Peters Kreditkarte vornehmen. Er drosch das Schlauchboot mit dem Außenbordmotor über den nur sanft dahin plätschernden Indischen Ozean bis zur Birdy, die sich keinen Zentimeter von ihrem Ankerplatz entfernt hatte. Peter verlor keine Zeit. Er machte das Schlauchboot fest, lichtete die Anker und setzte Segel. Wenn der Wind weiter so blies, sollte er in einer Stunde im Yachthafen von Port Elisabeth einlaufen. Dank der technisch extrem gut ausgestatteten Birdy konnte er die Yacht völlig alleine fahren lassen. Er nutzte die Zeit, um aufzulisten, was er für die lange Fahrt benötigte. Eine Dreiviertelstunde später sah Peter die Einfahrt in den Yachthafen von Port Elisabeth. Er holte die Segel ein und manövrierte die Yacht in den Hafen. Dort füllte er den Dieseltank sowie die Frischwassertanks bis zum Rand voll. Er pumpte den Inhalt des Fäkalientanks in die Kanalisation und kaufte reichlich Lebensmittel und Getränke ein. Punkt elf Uhr stach er erneut in See. Er hatte jetzt fünfeinhalb Stunden Vorsprung vor dem Khan, dessen Flug erst um 16:30 Uhr starten sollte.

Peter nahm Kurs Richtung Madagaskar. Der Indische Ozean zeigte sich von seiner besten Seite. Weil der Wind kräftig blies, machte er richtig Strecke. Pfeilschnell lag die Birdy im Wind. Als es dunkel wurde, legte er sich auf die breite Matratze im Heck der Birdy. Die Kissen dufteten noch nach Ninas Parfum. Es dauerte nicht lange und Peter war eingeschlafen. Dank der ausgeklügelten Elektronik konnte er getrost der Yacht die Navigation überlassen. Als die ersten Sonnenstrahlen auf seiner Gesichtshaut piksten, wachte er auf. Der Wind musste in der Nacht noch weiter aufgefrischt sein. Peter blickte durch das Fernglas und konnte bereits die Silhouette von Madagaskar in der Ferne ausmachen. Er begab sich sogleich in den Führungsstand der Yacht. Nach wenigen Klicks erschien auf dem Bildschirm sein neues Reiseziel. Sofort programmierte er das Navigationssystem und gab die Koordinaten für die Seychellen ein. Peter überschlug kurz die noch vor ihm liegenden Seemeilen, bis er endlich in Da Nang einlaufen konnte. Es waren derer noch mehrere tausend. Er konnte nur hoffen, dass der Reiseverlauf des Khans nicht wirklich reibungslos verlief, damit dessen Vorsprung nicht ins Unermessliche wuchs. Zweieinhalb Tage später erreichte Peter die Malediven. Hier ließ er die Birdy vor Anker gehen. Er musste noch einmal festen Boden unter seinen Füßen spüren. Außerdem gingen seine Wasserreserven und die Lebensmittel zur Neige.

Noch am gleichen Abend legte Peter wieder ab mit Kurs Sri Lanka. Wind kam auf, was anfangs für einen ordentlichen Vortrieb sorgte, bis schwere Böen Peter zwangen, die Segel einzuholen. Obwohl er ein gut ausgebildeter Segler war, der auch Spaß am Wassersport hatte, wurde ihm ganz schnell mulmig.

Die 12 Meter Yacht kämpfte mächtig gegen die Naturgewalten an. Der Himmel verfinsterte sich und heftige Blitze kündigten ein starkes Gewitter an. Wie von Geisterhand geführt öffneten sich über ihm gewaltige Schleusentore. Das Grollen von phrenetischem Donner wechselte sich anfangs noch mit den grellen Blitzen ab, bis irgendwann alles auf einmal über Peter hereinbrach. Mit letzter Kraft erwischte er das Seil, um sich an Bord anzuleinen. Eigentlich hätte ihm das hier nicht passieren dürfen. Als erfahrener Segler prüft man vor Beginn des Törns, wie das zu erwartende Wetter wird. Peter krabbelte auf allen vieren zum Führerstand der Birdy. Er riss die Schwimmweste aus der Halterung. Mit viel Kraftaufwand zog er sie an. Nun fühlte er sich sicherer. Die Birdy tanzte wild auf den Wellen. Erste Brecher schlugen über das Deck. Glücklicherweise lag nichts lose herum. Vier Stunden dauerte das Inferno, bis plötzlich und völlig unerwartet das Unwetter so rasch verflog, wie es über ihn hereingebrochen war. Peter war durch und durch nass. Doch bevor er sich trockenlegte, schaute er nach, ob die Birdy Schäden davongetragen hatte. Die Masten standen unbewegt aufrecht und das Ruder ließ sich mit dem großen Steuerrad problemlos bewegen. Es zeigte sich, dass ein von Hand gefertigtes Schiff aus Holz halt auch mal einem Sturm widerstehen konnte. Peter steckte seine

Taschenlampe ein. Er war mit den Ergebnissen seiner Inspektion voll zufrieden. Nachdem er sich dann trockengelegt hatte, wärmte er sich ein Pfannengericht auf. Die Paella schmeckte gut und das Glas Rotwein dazu löste die letzten Spannungen seines Körpers völlig in Luft auf.

Entspannt legte er sich im Sessel des Führerstandes zurück und schaute in den Himmel. Millionen von leuchtenden Punkten präsentierte ihm das Firmament. Eigentlich Romantik pur. Doch dazu fehlte jeglicher Anlass. Peter griff zum Handy und rief seinen Chef an, der sofort seinen Anruf entgegennahm.

„Hallo, Peter, Sie sind in einen starken Sturm geraten, wenn ich dem Wetterbericht Glauben schenken darf.“

„So ist es, Sir, ich bin einfach von den Seychellen losgesegelt, ohne mir Gedanken zum Wetter zu machen. Ist aber alles gutgegangen.“

„Sehr gut, Peter. Ich habe gute Nachrichten. Der Khan ist in Aden durch das schlechte Wetter aufgehalten worden. Der Yacht, auf der der Khan eine Passage gebucht hat, wird erst morgen Nachmittag ablegen.“

„Das sind sehr gute Nachrichten. Es ist jetzt zwar windstill. Doch mein kräftiger Diesel wird mir so viel

Speed verschaffen, dass ich meinen Vorteil gegenüber dem Khan ausbauen kann."

„Wir hatten anfangs überlegt, die Yacht, auf der sich der Khan eingemietet hat, zu versenken. Doch auf dem Schiff befinden sich noch einige Touristen. Das hat der Khan gut eingefädelt."

„Keine Sorge, Mister Sharp, ich schnappe mir den Typen."

„Lassen Sie sich keinesfalls von ihren Gefühlen leiten, Peter. Denken Sie an die dunkle Seite der Macht."

Simon Sharp musste über seinen eigenen Spruch lachen.

„Werde ich beherzigen, danke Joda."

Sharp musste noch heftiger lachen. Peter wurde von Sharps gelöster Stimmung angesteckt und lachte ebenfalls.

Nachdem Peter den roten Knopf an seinem Handy gedrückt und das Gespräch beendete hatte, fragte er im Führerstand sein GPS nach seiner Ortsbestimmung. Sekunden später wurde Peter informiert. Er lag in etwa immer noch auf Kurs. Peter nahm eine leichte Kurskorrektur vor und startete den Diesel. Der starke Schiffsmotor sorgte sofort für ordentlichen Vortrieb. Als die Sonne aufging, kam auch wieder Wind auf. Peter setzte auf beiden Masten die Segel und unterstützte seinen Diesel bei der Arbeit, den er jedoch schon recht bald abschaltete. Der Dieselverbrauch war enorm und sein Tank halb leer. Er würde gezwungen sein, in Galle an der Küste Sri Lankas neben Wasser auch Diesel zu bunkern.

29

Zwei Tage später meldete ihm plötzlich das GPS, das er die Lakkadievensee erreicht hatte. Das bedeutete Ankunft in Galle in etwa vier Stunden. Peter bereitete sich auf die Einfahrt in den Yachthafen vor. Kurz vor der Einfahrt holt er die Segel ein und startete den Diesel. Quasi mit dem letzten Tropfen Sprit fuhr er den Liegeplatz an. Nachdem er sich beim Hafenmeister angemeldet hatte, bunkerte er reichlich Diesel und Frischwasser. Weil er mal wieder in einem richtigen Bett schlafen und einmal ausgiebig duschen wollte sowie Hunger auf frisch gekochtes Essen verspürte, mietete er sich für eine Nacht im Hotel des Yachthafens ein. Nach dem Genuss einer frisch zubereiteten Fischplatte mit Gemüse und Reis zog sich Peter in einen ruhigen Winkel des Yachthafens zurück und wählte seinen Chef an.

„N´ Abend, Chief. Ich bin jetzt in Sri Lanka angekommen. Gibt es Neuigkeiten?"

„Hallo, Peter. Ja, das Segelschiff mit dem Khan an Bord hat gestern in Mogadishu abgelegt und ist auf

dem Weg nach Sri Lanka. Die Yacht benötigt genau wie Sie Treibstoff und Lebensmittel. Sie wird, wenn die Reise ohne Zwischenfälle verläuft, übermorgen in Sri Lanka eintreffen und für zwei Tage festmachen."

„Sie sind sehr gut informiert, wie ich höre."

„Das ist wohl wahr. Wir haben einen Informanten an Bord. Der Khan hat sich als wohlhabender Industrieller ausgegeben und befindet sich nach einer Urlaubsreise auf dem Heimweg nach Vietnam."

„Das könnte also bedeuten, ich schnappe ihn mir bereits hier vor Ort?"

„Sie wissen doch nur allzu gut, dass ich Ihnen bei der Durchführung Ihrer Aufträge nicht hineinrede. Wenn Sie einen Moment erwischen, den Khan auszuschalten, ohne großes Aufsehen zu erregen, dann lassen Sie sich nicht aufhalten. Er darf sie nur nicht sehen und erkennen. Weil er daraufhin untertauchen und dank seiner weitreichenden Verbindungen kaum wieder aufzufinden sein wird."

„Verstehe, Sir. Aber ich bin kein Sniper. Außerdem benötige ich dafür ein Präzisionsgewehr."

„Das sollte das kleinste Problem darstellen, Peter. Wir haben gute Verbindungen nach Indien und Sri Lanka."

„Wird der Khan von Bodyguards geschützt?"

„Ja, soweit mir bekannt ist von einer jungen Frau und einem Mann. Mit beiden würde ich mich an Ihrer Stelle nicht anlegen. Beide wurden in einem Shaolin

Kloster in Asien ausgebildet. Keiner von ihnen fackelt lange. Sie sind darauf gedrillt, keine Fragen zu stellen, sondern ihre Gegner sofort zu töten. Also sehen Sie sich vor, Peter."

„Na, das sind ja wieder tolle Aussichten!"

„Also wollen Sie sich doch als Sniper betätigen?"

„Ich muss drüber nachdenken. Meinen Hotelzimmeraufenthalt werde ich auf jeden Fall mal um drei Tage verlängern."

„Tun Sie das, Peter. Ruhen Sie sich heute erst einmal aus. Ich muss jedoch bis morgen Mittag 12:00 Uhr von Ihnen wissen, ob Sie ein Spezialgewehr benötigen. Sonst werden Sie sich mit einer Steinschleuder zufriedengeben müssen."

Peter hörte seinen Chef lachen.

„Ich sage Ihnen morgen Bescheid, Chief."

„Dann bis morgen, Peter."

Peter schob sein Handy zurück in die Brusttasche seines Hemdes. Er erhob sich langsam von seinem Stuhl und schlenderte in den Yachthafen. Zuerst besah er sich die freien Liegeplätze. Eine Yacht der Größe, wie die auf der der Khan unterwegs war, konnte eigentlich nur ganz links vor Anker gehen. Dort gab es die einzigen beweglichen Passagierbrücken und einen kleinen Kran. Langsam lief er zum Liegeplatz der Birdy und trat an Deck. Über eine Stunde lang prüfte Peter jede Möglichkeit, auf seinem Schiff unbemerkt in Stellung gehen zu können. Doch so sehr er auch das Für und Wider abwägte; einen guten Platz mit freiem Schussfeld fand er nicht. Nachdenklich verließ er die Birdy. Einem Touristen gleich lief er auf die großen Liegeplätze zu. Wenn er freies Schussfeld benötigte, musste er etwas erhöht in Stellung gehen. Dafür bot sich eigentlich nur das dreigeschossige Appartementhaus an, dass am Ende des Yachthafens stand. Von dort aus sollte es gehen. Wissbegierig schlenderte er dem Mehrfamilienhaus entgegen. Sein geschulter Blick scannte bereits die Gegebenheiten. Vom Dach des Gebäudes aus sollte er einen finalen Schuss abgegeben können. Im Näherkommen stellte sich heraus, dass offensichtlich zurzeit nur eine Wohnung belegt war. Zum Trocknen aufgehängte Handtücher flatterten auf der Leine des Balkons im ersten Obergeschoss. Ein Blick auf die Klingeltafel zeigte Peter, dass hier acht Parteien wohnten, wenn sie denn anwesend waren. Ganz sicher gehörten sie reichen Indern, die hierher Ausflüge an den Wochenenden oder in den Ferien unternahmen.

Gerade als Peter wahllos auf einen Klingelknopf drücken wollte, öffnete ein junger Mann die Türe und verließ den Gebäudekomplex. Diese Einladung ließ sich Peter natürlich nicht entgehen. Mit dem Lift fuhr er ins oberste Geschoss. Stille schlug ihm entgegen, als er die Aufzugskabine verließ. Weder ein laufender Fernseher noch Kindergeschrei drangen an sein Ohr. So konnte er ungestört nach dem Aufgang zum Dach suchen, den er schnell fand. Die Türe war unverschlossen, was sein Anliegen erheblich erleichterte. Peter erkannte direkt, dass das Plateau hier oben ein gutes Schussfeld wie auch verschiedene Versteckmöglichkeiten bot. Sein Entschluss, sich als Sniper zu verdingen, reifte heran. Ganz sicher war es für ihn gesünder, den Khan von hier oben aus zu erledigen, als ihn im Beisein seiner Bodyguards zu töten. Zufrieden verließ er unerkannt das Gebäude. In einer kleinen, piekfeinen Hafenbar nahm er noch zwei Gin Tonic zu sich, bevor er zurück zu seinem Hotel lief. Hier verlängerte er gleich seinen Aufenthalt um drei weitere Tage, bevor er sich auf sein Zimmer begab. Peter duschte kurz und legte sich auf sein Bett. Noch bevor ihm die Augen zufielen, schickte er seinem Chef eine verschlüsselte WhatsApp, dass er ein Sniper Gewehr benötige. Danach schlief er umgehend ein. Doch sein Schlaf verlief weder traumlos noch erholsam. Immer wieder sah er Nina vor sich. Als er im Traum mit ansehen musste, wie sie von der Explosion auf dem Schiff des Khans förmlich zerrissen wurde, saß er mit einmal nass geschwitzt in seinem Bett. Hass gegen diesen Mann keimte in ihm auf. Doch Hass machte unvorsichtig und blind. Rasch legte Peter sich trocken. Irgendwann schlief er erneut ein.

Er erwachte durch heftiges Klopfen an seiner Zimmertüre. Völlig verschlafen öffnete er. Ein junger Paketbote stand mit einem flachen, nicht ganz leichten Karton vor ihm und bat um eine Unterschrift. Peter bestätigte den Empfang und gab dem jungen Mann ein Trinkgeld, das dieser unmittelbar und hocherfreut in die Hosentasche schob. Er schaute auf seine Armbanduhr. Es war erst kurz vor halb acht. Bevor er duschen ging, warf er einen kurzen Blick auf den Inhalt des Paketes. Fein säuberlich zerlegt fand Peter ein Spezialgewehr mit Munition darin vor. Den Karton schob er unters Bett. Danach ging er frühstücken. Doch so eine richtige Gemütlichkeit beim Frühstück kam bei ihm nicht auf, während er die kontinentalen Köstlichkeiten zu sich nahm, auch wenn das Ambiente sehr zum Verweilen einlud. Er war allerdings auch nicht zu seinem Vergnügen hier abgestiegen. Die zweite Tasse Kaffee schüttete er halb beim Verlassen des Frühstücksraums in sich hinein. Sein Weg führte Peter zurück in sein Zimmer. Er zog das Paket unter dem Bett hervor. Doch hier im Hotel wollte er sich nicht näher mit dem Inhalt befassen. Er steckte sich das Paket unter den Arm und lief zum Liegeplatz der Birdy. Unter Deck öffnete er die Verpackung. Ein gepflegtes, schallgedämpftes Remington M24 Kaliber 308 Präzisionsgewehr mit Laser unterstützter Zieleinrichtung lag sorgsam in Ölpapier verpackt darin. Ein Päckchen Munition mit 50 Schuss befand sich ebenso im Paket.

Mit nur wenigen, doch geschulten Handgriffen setzte Peter das Gewehr zusammen. Etwas Zuverlässigeres als diese Waffe gab es kaum auf dem Markt. Doch nicht nur eine gute Waffe war gefordert. Auch der Schütze musste dazu passen. Peter dachte darüber nach, wann er das letzte Mal mit einem ähnlichen Gewehr geschossen hatte. Er konnte sich nicht mehr so richtig daran erinnern. Deshalb sah er es als wichtig an, ein paar Probeschüsse abzugeben. Kurz entschlossen warf er den Diesel der Birdy an. Langsam verließ er den Yachthafenbereich. Es dauerte nicht lange, bis er das offene Meer erreichte. Peter verfiel in Gedanken. Mit dem Präzisionsgewehr traf man bei entsprechender Ausbildung und mit viel Talent auf 1000 bis 1200 Meter ein Ziel von der Größe eines Bierdeckels. Ein adäquates Ziel musste her. Peter durchstöberte die Birdy, bis er in der Küche einen knallroten Plastikbehälter für Butterbrote erspähte. Diesen nahm er aus dem Schrank. Er sprang ins Beiboot und raste zu einer Boje weit draußen im offenen Meer. Mit dünnem

Draht befestigt er die Brotdose an der Boje. Er prüfte noch den festen Sitz, bevor er zur Birdy zurückfuhr.

Zurück an Bord baute Peter das Gewehr zusammen. Er lud fünf Patronen ins Magazin und legte sich an Deck in den Bug der Yacht. Mit einem Handgriff klappte er das Zweibein auseinander. Er lud die Waffe fertig und ging ins Ziel. Die Entfernung betrug seinem kleinen Lasermesser entnehmend sechshundertachtzig Meter. Bedingt durch die ausgefallene Laufkonstruktion mit ungleichmäßigen Zügen und Feldern verformten sich die Projektile nicht so stark wie bei konventionellen Waffen, was die Präzision noch erheblich verbesserte. Das Meer war ganz ruhig. Die Birdy lag still vor Anker. Peter visierte die Brotdose an. Er gab genügend Vorhalt und justierte noch kurz das Zielfernrohr nach. Dann schoss er. Der Rückstoß war nicht unerheblich. Da seine Waffe eine schalldämmende Sonderausstattung besaß, war der Abschussknall kaum vernehmbar. Peter schaute durch sein Fernglas. Doch die Butterbrotdose schaukelte unbeschädigt an der Boje hin und her. Peter versuchte es erneut. Aber auch diesmal traf er nicht. Erst beim vierten Versuch streifte er sein Ziel. Der fünfte Schuss dagegen zerfetzte die Plastikdose in tausend Teile. Nicht ganz zufrieden zerlegte Peter die Waffe und legte sie zurück in ihr Behältnis. Er begann, die Chancen für seinen Einsatz abzuwägen. Die Zielentfernung vom Dach des Wohnhauses bis auf Deck des Segelkreuzers betrug sicherlich unter fünfhundert Meter. Der Kopf des Khans war allerdings nicht viel größer als die Butterdose. Dafür würde seine Waffe nicht hin und her schaukeln, auch wenn die Wellenbewegungen nur minimal spürbar waren. Er schätzte seine Chance und die Trefferquote auf 70 zu 30, ein. Völlig ausreichend, wie er entschied. Er holte den Anker ein und wendete. Sofort setzte er Segel. Gemächlich schipperte er zurück in den Yachthafen auf seinen Liegeplatz.

30

Mit seinem Fernglas suchte er die Umgebung ab. Plötzlich hielt er inne. Ein schneeweißer Dreimaster näherte sich aus der Ferne mit kräftig aufgeblähten Segeln dem Hafen. „Happy Journey" konnte Peter am Bug den Namen des Schiffes erkennen. Er drehte bei und versuchte so rasch als möglich seinen Liegeplatz im Yachthafen zu erreichten. Glücklicherweise war Peter bereits nah genug an der Hafenmole, um unerkannt für den Dreimaster anzulegen. Sofort schnappte er sich seinen Koffer und verschwand in seinem Hotel. Dort versteckte er den Waffenkoffer, diesmal allerdings im

Kleiderschrank. Nicht wirklich ein zuverlässiges Versteck, doch mangels anderer Möglichkeiten immer noch besser als nichts. Guter Dinge betrat er seinen Balkon und setzte sich unter den kleinen Sonnenschirm. Der strahlende Dreimaster erreichte gerade die Hafeneinfahrt. Die großen Segel waren längst eingeholt. Nur mit Hilfe des Diesels manövrierte der Kapitän das stolze Segelschiff seinem Liegeplatz entgegen. Zehn Minuten später legte der Dreimaster an. Peter konnte ohne sein Fernglas erkennen, dass der Khan, seine Bodyguards und mehrere andere Gäste an der Bar saßen und Cocktails schlürften. Sofort bemerkte er, dass die junge Frau, die sein Leben schützen sollte, ihre Arme um den Hals des Khans gelegt hatte und ihn liebkoste. Wie es schien, hielt sie nicht nur bei Tag ein Auge auf ihren Schutzbefohlenen. Da sich das Problem Ehefrau durch die Sprengung seiner Yacht und deren Ableben erledigt hatte, suchte er offensichtlich Trost an der Seite seiner schönen Leibwächterin. Das männliche Pendant hingegen ließ permanent seine Augen entsprechend seinem Job auf dem Deck umherschweifen.

Peter unternahm einen kleinen Spaziergang und besuchte das Büro des Hafenmeisters. Der stattliche Beamte, der lässig in seinem ledernen Drehstuhl im klimatisierten Büro residierte, trug eine weiße

Phantasieuniform. Zwei weitere Mitarbeiter befreiten den Chef des Hafens von jeglicher Tätigkeit. Erst wirkte der bullige Mann etwas unwirsch, weil Peter ihn zu sprechen wünschte. Doch als Peter eine Einladung zum Abendessen im feinen Yachtclub aussprach, weichten seine strengen Züge förmlich auf. Ein freundliches Lächeln strahlte Peter mit einmal entgegen. Gegen einundzwanzig Uhr trafen sich Peter und der Hafenmeister vor dem Eingang zum Yachtclub. Peter hatte einen Tisch bestellt, sodass ihnen sofort ein Platz angeboten wurde. Der Hafenmeister verstand zu leben und vor allem zu essen. Peter brachte in einem Nebensatz des Hafenmeisters in Erfahrung, dass die Happy Journey in zwei Tagen wieder ablegt, nachdem zwei weitere Passagiere aus Vietnam zur weiteren Mitfahrt eingetroffen waren. Der Khan hatte ganz sicher die Führung des Kartells aus Vietnam eingeladen, um weitere Gespräche bezüglich einer Zusammenarbeit zu führen. Für den folgenden Abend war auf Deck zwei ein Galadiner für den Khan und seine Gäste gebucht. Das Catering sollte dem Yachtclub obliegen. Der Hafenmeister wurde angewiesen, Personal bereitzustellen, das die Sicherheit der Gäste gewährleisten sollte. Dies alles erfuhr Peter, ohne wirklich nachzufragen, nachdem der Hafenmeister die zweite Flasche Wein und zum Dessert zwei Espresso mit zwei Gläsern uralten

Whiskys herunter gespült hatte. Nach dem ausgiebigen Menü mit reichlich Alkohol setzte Peter den Hafenbeamten in ein Taxi und zahlte dem Fahrer die Fahrt im Voraus. Langsam schlenderte er zu seinem Hotel zurück. Der Tag der Abrechnung rückte näher. Peter terminierte den Abschluss seines Auftrages auf den morgigen Abend, wenn die Dämmerung einsetzte. Dafür jedoch benötigte er Büchsenlicht.

Im Hotel setzte sich Peter auf seinen Balkon. Eine laue Brise zog von der Lakkadivensee herüber. Die Luft schmeckte sanft nach Salz, Fisch und Seetang. Peter schloss die Augen. Er musste an Nina denken. Hätte er sie nicht doch noch retten können? Doch je mehr er darüber nachdachte, je mehr wurde ihm bewusst, dass sie es wohl eigentlich darauf angelegt hatte zu sterben. Sie fühlte sich nicht mehr als vollwertige Frau nach den vielen Verletzungen, die ihr durch die Folter beigebracht worden waren. Peter musste jetzt ruhig bleiben. Rache und Hass waren schlechte Begleiter für die Durchführung seines Auftrages. Er trank noch ein Glas Wein und ging dann zu Bett.

Peter quälten leichte Kopfschmerzen, als er erwachte. Er hatte schlecht geschlafen. Sein Traum drehte sich immer wieder um Nina und ihren Tod.

Doch wie rettet man einen Menschen, der überhaupt nicht gerettet werden möchte? Er versuchte, die Bilder zu löschen, die vor seinen inneren Augen zu einem grausamen Film herangewachsen waren. Ohne Hast verließ er sein Bett. Eine heiße Dusche war jetzt genau das Richtige. Danach kleidete er sich an und schlenderte auf die Terrasse zum Frühstück, das er ausgiebig genoss. Allerdings nahm er nur einen kleinen Kaffee. Den zweiten Becher füllte er mit Früchtetee. Er benötigte heute, auch wenn es noch früh am Tag war, am Abend eine extrem ruhige Hand. Zurück auf seinem Zimmer wählte er das Handy seines Chefs an.

„Hallo, Mister Sharp, Peter McCord hier. Es ist so weit. Heute Abend werde ich meinen Auftrag zu Ende bringen."

„Hallo, Peter. Es wird auch Zeit, dass Sie Ihren Müßiggang auf Staatskosten beenden."

Peter hörten seinen Chef lachen.

„Da ist etwas dran, Sir."

„Sag ich doch. Wie kommen Sie aus Galle weg?"

„Ich fahre mit dem Boot nach Colombo und fliege von dort aus morgen in der Früh via Doha nach London. Wenn alles gut geht."

„Sie werden das schon schaffen, Peter."

„Ich hoffe es, Sir."

„Melden Sie sich, wenn alles erledigt ist."

Schon hatte sein Chef das Gespräch beendet. Er wollte nicht wissen, wie Peter die Durchführung seines Auftrages organisiert hatte. Doch das war alles nichts Neues.

Nach dem Telefonat schlenderte er runter zum Yachthafen. Zunächst tankte er die Birdy voll Diesel. Er kontrollierte die Wasserbestände an Bord sowie die zur Verfügung stehenden Lebensmittel und Getränke. Die Birdy war startklar. Zurück auf seinem Zimmer packte Peter alle seine Habseligkeiten in seine Reisetasche. Er zahlte sein Zimmer, dass er noch bis zum folgenden Tag gebucht hatte, und brachte sein leichtes Gepäckstück an Bord. Nach getaner Arbeit legte Peter sich an Deck. Immer wieder schaute er unbemerkt zur Happy Journey herüber. Der Khan und seine Leibwächterin lagen eng umschlungen auf einer breiten Liege. Die übrigen Passagiere schienen auf Landgang zu sein. Er legte sich auf den Rücken und schloss die Augen. Jeden Schritt zur Durchführung seiner abendlichen Aktion ging er noch einmal im Kopf durch. Er lief mehrfach in Gedanken den Weg vom Wohnhaus zur Birdy ab. Acht Minuten sollten dafür ausreichen. Eine verdammt lange Zeit, wenn man sich auf der Flucht befand. Weil ihm die Sonne arg zusetzte, fuhr er das Sonnensegel aus. Wenig später schlief er ein. Als er erwachte, war es früher Nachmittag. Peter zog sich an und schlenderte zurück zum Hotel. Wie gerne hätte er jetzt einen Kaffee getrunken. Doch die Gefahr, dass er beim Schuss wegen des hohen Koffeingehaltes zu zittern begann, war ihm einfach zu groß. So begnügte er sich mit einer Flasche Mineralwasser. Er nahm den Koffer mit der Remington aus dem Kleiderschrank und prüfte immer wieder die Funktion des Verschlusses. Mit einem Tuch befreite er die Waffe wie auch das Behältnis von jeglichen Fingerabdrücken. Sehr feine, dünne Wildlederhandschuhe in seiner Größe lagen im Waffenkoffer, der eine Ähnlichkeit mit einem Klarinettenbehältnis nicht verhehlen konnte. Gut so, dachte er. So sieht nicht gleich jeder, dass mein Konzert anderer Natur sein wird. Nachdem er die Waffe in den Koffer zurückgelegt hatte, legte er sich auf sein Bett. Was ihn störte war die Tatsache, dass er in wenigen Stunden einen Menschen töten musste, auch wenn dieser Mann Nina und viele andere, unschuldige Menschen auf dem Gewissen hatte. Ein Auftragskiller war Peter nie gewesen. Ein wenig döste er noch vor sich hin, bis er gegen halb neun das Hotel verließ. Ohne Hast ging er zu dem Mehrfamilienhaus. Es schien sein Glückstag zu sein. Die Türe war nur angelehnt. Mit dem Lift fuhr auf das Dach. Als er die Türe öffnete, schlug ihm die Hitze des Tages entgegen, die der Beton hier besonders speicherte. Schnell schloss er die Türe. Ein kleiner, weißer Kunststofftisch mit zwei Stühlen, der ihm bei seinem ersten Besuch gar nicht aufgefallen war, sollte ihm später als ruhige Ablage für die Waffe dienen.

Vorsichtig und ohne Lärm zu machen, nahm er den Tisch und stellte ihn ans Geländer. Einen der Stühle wählte er ebenfalls für seinen provisorischen Schießstand aus. Peter öffnete den Koffer und setzte die Waffe zusammen. Mit einem Blick durch das Okular verschaffte er sich, unsichtbar für sein Vis-a-vis, einen ersten Eindruck der Situation. Auf der Happy Journey herrschte reges Treiben. Eine große Tafel wurde von Kellnern in strahlend weißen Jacken eingedeckt. Von den Gästen war noch nichts zu sehen. Er stellte die Waffe mit dem Zweibein auf den Tisch. Die Schutzdeckel hatte er bereits vorher vom Okular entfernt. Jetzt schaute er das zweite Mal durch die Zieleinrichtung der Waffe auf das Schiff. Zur Probe zielte er auf einen der Kerzenleuchter, der gestochen scharf vor seinem Auge auftauchte. Er konnte nicht von sich behaupten, wirklich ruhig zu sein. Ein richtiger Sniper hätte mit dieser Situation ganz sicher keine Probleme. Peters Hände wurden feucht. Er legte seinen Kopf in seine Armbeuge und atmete tief durch. Als er hochschaute, trafen auf Deck 2 des Dreimasters gerade die Gäste ein. Der Khan trug, wie die anderen männlichen Gäste ebenfalls, eine schwarze Sonnenbrille. Nach Peters Einschätzung waren sicher gut und gern acht weitere Personenschützer an Bord gekommen, die ständig die Sicherheit ihrer VIPs prüften. Peters Nerven waren zum Zerreißen gespannt.

31

Doch er schien Glück zu haben. Der Khan setzte sich direkt mit dem Gesicht ihm gegenüber. Wieder tanzten die Bilder von Nina vor seinen Augen herum, wie der Khan sie schlug, vergewaltigte und verstümmelte. Peter begann heftig zu schwitzen. Sein Poloshirt klebte an seinem Körper. Ob dies an der abendlichen Wärme lag oder dem Job, den er jetzt zu erledigen hatte? Doch egal, wie er sich jetzt fühlte, es wurde Zeit, den Henker zu spielen. Behutsam schob er das Magazin mit fünf Patronen des Kalibers 308 in den Schacht des Patronenlagers. Wie ein Chirurg vor einer OP streifte er sich die feinen Handschuhe über seine Hände. Mit einmal lief alles wie in Zeitlupe und wie tausendfach im Training geübt vor ihm ab. Er griff zum Spannbügel und lud die Remington durch. Mit einem leisen Klickgeräusch schob sich die erste Patrone ins Patronenlager. Mit diesem Kaliber ließen sich problemlos Büffel und Hirsche ins Jenseits befördern. Peter visierte den Kopf des Khan, an, der sich gerade das Fleisch aus einer Hummerschere in den Mund steckte. Peter nahm Druckpunkt, hielt den Atem an und atmete langsam aus, während er ohne Anspannung den Finger am Abzug zurückgleiten ließ. Beinahe lautlos verließ das gewaltige Projektil den Lauf der Remington. Der Oberkörper des Khans wurde von seinem Stuhl geschleudert, während sich sein Kopf von der Nasenwurzel an in zwei Teile spaltete. Mit wenigen Handgriffen packte Peter seine Waffe zusammen und verstaute sie im Tragekoffer. Den Tisch mit den Stühlen ließ er so stehen. Blitzschnell verließ er den Dachbereich und fuhr mit dem Lift ins Erdgeschoss. Die Tür stand immer noch angelehnt offen. Peter verließ das Haus auf dem gleichen Weg, wie er es betreten hatte.

Die Dämmerung war der Dunkelheit gewichen. Auch wenn der Yachthafen gut beleuchtet war, ließ sich eine Person im Einzelnen auf Distanz nicht identifizieren. Peter bewegte sich schnellen Schrittes, ohne zu rennen, und sprang sogleich an Deck der Birdy, nachdem er vorher die Leinen gelöst hatte. Am Führerstand startete er umgehend den Diesel, der willig ansprang. Langsam und ohne aufzufallen, fuhr dem offenen Meer entgegen. Allmählich legte sich seine Nervosität. Die Hände, die immer noch in den Handschuhen steckten, wurden wieder ruhiger und sein Atem ebenfalls. Der ganze

Druck fiel mit einmal von ihm ab. Er hatte es geschafft. Sofort entledigte er sich der Handschuhe. Auch wenn das Töten eines Menschen, egal was er auch angestellt hatte, nicht zu seinem Hauptjob werden könnte, lehnte er sich zufrieden im Führerstand der Birdy zurück. Um sich etwas abzulenken, dachte er darüber nach, ob er die Birdy nicht nach Schottland überführen lassen sollte. Ein so gut gebautes und gepflegtes Holzboot war nicht leicht und vor allem umsonst zu bekommen. Da schlug dann der Schotte in ihm durch. Er war nun weit genug vom Yachthafen entfernt, dass er seine Positionslampen einschalten konnte. Peter reckte und streckte sich. Bald würde er wieder in London in seiner Traumwohnung eintreffen und ein paar Tage ausspannen. Plötzlich war ihm nach Fisch zumute. Die Birdy hatte zwei Angeln an Bord. Warum also sollte er nicht versuchen, sich einen der Meeresbewohner, die unter ihm hausten zu fangen und auf dem Herd zu braten. Doch als Peter sich umdrehte, um den Führerstand zu verlassen und sich eine Angel zu holen, blickte er in den Lauf einer großkalibrigen Pistole.

„Peter McCord, wenn ich richtig informiert bin."
„Schon möglich, aber wer möchte das wissen?"
„Lawan Ling mein Name."
„Und warum hältst du mir die 45er unter die Nase?

„Weil ich nicht weiß, ob ich dir trauen kann."

„Nun meine Liebe, ich bin unbewaffnet. Meine Neunmillimeter ruht unten in einer Schublade."

„Und die 308?"

„Ich weiß jetzt nicht so ganz, wovon du sprichst, Lawan?"

„Von dem Snipergewehr, mit dem du den Khan in die ewigen Jagdgründe befördert hast."

„Wer bitte ist der Khan? Ich bin Geschäftsmann und auf dem Weg nach Colombo."

„Dein Geschäft, Peter, sind die Geheimdienste dieser Welt. Du gehörst dem MI6 an."

„Steck bitte die Kanone weg, Lawan. Ohne Waffe können wir uns viel besser und gelöster unterhalten. Was also willst du von mir?"

„Ich möchte dich kennenlernen."

„Nun, eine merkwürdige Art ein Rendezvous auszumachen. Oder denkst du, ohne Kanone laufe ich dir weg? Ich möchte mir einen Fisch angeln. Wie wär´s? Magst du auch Fisch?"

„Sehr gern sogar."

„Dann steck das Ding weg und lass uns angeln. Vor allem interessiert mich, woher du mich kennst."

Sachte steckte die junge Frau, die eine Figur hatte, wie nur ein Ninja sie sein Eigen nannte, die Waffe in den Gürtel. Als ihr Gesicht von einem der Bordscheinwerfer angestrahlt wurde, erschrak Peter leicht. Doch er ließ sich nichts anmerken. Wie es schien, hatte sich eine Kampfmaschine bei ihm eingenistet. Er hatte die Leibwächterin des Khan in Lawan erkannt. Nicht unbedingt ein gutes Omen für einen gemütlichen Angelausflug. Peter machte gute Miene zum voraussichtlich bösen Spiel. Sich die Kleine zu packen und unschädlich zu machen, dürfte ihm kaum gelingen. Sie trug das Zeichen eines Shaolin Klosters auf den linken Unterarm tätowiert. Dort werden nur besonders gute Kämpfer ausgebildet. Mädchen, die dort bestanden und ihre Auszeichnungen erhielten, waren gefährliche Kriegerinnen. Lawan ließ sich von Peter eine Angel geben, heftete professionell einen Blinker an den Haken und warf sie ins Wasser. Peter tat es ihr gleich. *„Wer zuerst einen Fisch fängt, muss nur den Tisch decken. Der andere kocht. Du kannst doch hoffentlich kochen."*

Lawan lächelte. Mit einmal wurde aus den harten Zügen der gefährlichen Kämpferin ein richtig liebes Gesicht, das Peter irgendwie bekannt vorkam. Eine Zeit lang saßen sie beide schweigend nebeneinander und schauten ins Dunkel des Meeres und auf die Schwimmer ihrer Angeln in der Hoffnung, bald etwas zu fangen.

„Du warst die Leibwächterin des Khans, nicht wahr?"
„Ja, Peter, und ich bin überglücklich, dass du dieses Schwein endlich zur Strecke gebracht hast. Seit

Wochen warte ich auf eine Gelegenheit, diesen Drecksack zu töten. Aber mein Kollege war ständig anwesend. Vor einer Woche hat er mich in sein Bett gezogen und wie eine Hure dafür fürstlich entlohnt. Seine Frau war bei dem Sprengstoffanschlag auf sein Schiff ums Leben gekommen und dafür hat er mich dann zu seiner Lebensgefährtin genommen. Ich habe mich stets geekelt, wenn er seine Finger über meinen Körper streifen ließ. Ich hasse ihn abgrundtief. Er hat meine Mutter töten lassen. Du hast meiner Mutter zweimal das Leben gerettet. Sie war sehr verliebt in dich, wusstest du das nicht?"

„Wieso deiner Mutter?"

„Mai Ling ist meine Mutter. Sie arbeitete früher für den thailändischen Geheimdienst und hat nach ihrer Pensionierung einen Club betrieben."

„Du bist Mai Lings Tochter? Sie hat viel und häufig von dir gesprochen. Was machst du beruflich?"

„Ich bin nach meinem Studium der Elektrotechnik in ein Shaolin Koster gegangen und habe mich dort zur Kriegerin ausbilden lassen. Eigentlich wollte ich auch zum Geheimdienst. Doch Mama hat mir immer davor gewarnt. Dann übernahm plötzlich der Khan die Kontrolle über eigentlich alles in unserer Gegend. Meine beste Freundin hat dieses Schwein vergewaltigt und hinterher wie ein Stück Vieh in den Straßengraben geworfen. Kurz nachdem er meine Mutter getötet hatte, musste er selbst sehen, dass er *das Land verließ. Weil er Leute suchte, die ihn schützen sollten, habe ich mich beworben und wurde gleich genommen. Von dem Moment an habe ich nur darauf gewartet ihn zu töten. Du bist mir zuvorgekommen. Ein sehr guter Schuss. Eine Remington?"*

„Ja, wie du schon festgestellt hast, Kaliber 308."

„Bin ich auch dran ausgebildet worden. Äußerst präzise Waffe. Vielleicht sollte ich uns besser ein paar Fische schießen."

Lawan musste herzlich über ihren eigenen Witz lachen.

„Besser nicht. Bei dem Kaliber wird nicht viel von den Fischen übrigbleiben."

Eine Zeit lang saßen sie wieder stumm nebeneinander. Hungrig beobachteten sie, wie die mit einem LED beleuchteten Schwimmer ihrer Angeln auf dem Wasser hin und her tanzten. Doch Anglerglück wurde ihnen bisher nicht beschert.

„Mama wäre gern mit dir nach Schottland gegangen. Aber sie hat sich nie getraut, dich zu fragen, ob du sie mitnimmst. In der Beziehung war sie sehr schüchtern. Vielleicht hatte sie auch Angst wegen des Altersunterschiedes. Sie bekam immer leuchtende Augen, wenn sie von dir sprach."

„Ich hatte kurz vor ihrem Tod mit deiner Mutter auf ihre Bitte hin vereinbart, sie mit nach England zu

nehmen. Sogar ihre Flucht hatte ich bereits mit meinem Chef abgesprochen und organisiert."

Wieder folgte eine längere Kommunikationspause.

„Nina war deine Freundin, nicht wahr? Er hat sie furchtbar foltern lassen und verstümmelt, wie mir mein Kollege erzählte."

„Ja, das war auch der Grund, warum sie auf der Yacht geblieben ist. Sie wollte einfach sterben, obwohl ich sie auch nach all den Geschehnissen mit nach Haus nehmen wollte. Ich stehe immer zu meinem Wort."

„Das hat mir Mama auch erzählt. Wir müssen übrigens höllisch aufpassen. Einer der vietnamesischen Gesprächspartner ist der Bruder des Khans. Er hat dir Rache geschworen und der hält auch immer, was er verspricht. Er wird jetzt auch nach mir suchen. Aber kampflos bekommt der mich nicht."

„Uns beide nicht, Lawan."

Plötzlich zappelte Peters Angel. Er hatte einen Fisch gefangen. Vorsichtig holte er die Leine ein, während Lawan einen Kescher bereithielt, um den Fang zu bergen. Ein ordentlicher Seewolf hatte sich in seiner Gier nach Futter an Peters Angel rangeschmissen. Obwohl er eigentlich nur den Tisch decken musste, übernahm er den Part des Smutjes. Rasch zauberte er ein Kräuterpesto mit Limetten und briet den Fisch in der Pfanne. Dazu servierte er Salat und Weißbrot, das in Olivenöl getunkt wurde. Für jeden gab es sogar ein Glas Wein dazu. Nachdem sie sich zwei Espresso gegönnt hatten, säuberten sie gemeinsam die Kombüse. Auf Deck wehte eine leichte, warme Brise. Peter hatte die Segel gesetzt und manövrierte die Birdy mittels Autopilot Richtung Colombo Harbour. Sie machten ordentlich Speed. Lawan hatte sich bereits von ihrem vornehmen Abendanzug befreit. Nur im T-Shirt und Höschen kuschelte sie sich an Peter.

„Kannst du mich nicht mit nach London nehmen? Mama hat außerhalb Londons Verwandte, die mir weiterhelfen können. Ich würde gern an einer Uni im Fach Elektrotechnik dozieren."

„Ja, ich besorge dir auch ein Ticket. Du kannst bei mir wohnen, bis du etwas gefunden hast. Finanziell hast du sicher keine Sorgen?"

„Nein, glücklicherweise nicht."

„Und für den MI6 arbeiten wäre keine Option für dich?"

„Nein, Peter, ich möchte in Ruhe und Frieden leben können."

„OK, ich muss wegen deines Tickets telefonieren. Eine Sekunde."

Peter rief seinen Chef an, den er offensichtlich aus dem Bett geholt hatte.

„Morgen, Sir, Auftrag ausgeführt."

„Sehr gut, Peter. Schlafen Sie eigentlich nie?"

„Doch, Sir, ich bin aber gerade auf der Flucht Richtung Colombo."

Peter berichtete seinem Chef kurz und knapp, was geschehen war und dass er ein zweites Ticket benötige.

„Kein Problem, Peter. Liegt morgen am Schalter der Britisch Airways in Colombo. Passen Sie auf sich auf. Ich werde meine Kanäle aktivieren und nachhören, ob der Bruder des Khans Ihnen auf den Fersen ist. Ich melde mich, wenn es etwas gibt."

Schon war Simon Sharp aus der Leitung verschwunden.

„Flugkarte für dich wird gebucht. Du fliegst zusammen mit mir nach London."

„Danke, Peter. In deiner Gegenwart fühle ich mich sicher."

„Na, ob meine Gegenwart wirklich ein sicherer Ort ist? Schauen wir mal."

Wie eine Katze schmiegte sich Lawan an ihn. Peter konnte nicht behaupten, dass ihm ihre Wärme unangenehm war.

32

Sie gönnten sich drei Stunden Schlaf, bis sie der GPS-Summer des Autopiloten aufweckte. Sie befanden sich kurz vor ihrem Ziel. Peter holte eines der Segel ein und setzte Kaffee auf. Per Fernglas konnten sie bereits die Silhouette des Hafens von Colombo erkennen. Mit langsamer Fahrt fuhren sie in den privaten Teil des Hafens ein. Peter meldete sich sofort beim Hafenmeister an und ließ sich gleich eine Adresse für die Überführung der Birdy nach Schottland geben. Einem älteren Ehepaar, das ständig Segelschiffe von einem Land ins andere überführte und dafür keine Unsummen verlangte, legte Peter die Birdy ans Herz. Schnell wurde man sich handelseinig, zumal das Ehepaar gebürtig aus Schottland stammte und noch einmal ihre Heimat besuchen wollte. Bevor Peter jedoch die Birdy übergab, verstaute er das Snipergewehr in einer verschlossenen Seekiste, ohne dass das Ehepaar davon Kenntnis erhielt.

Ihr nächster Weg führte sie in ein Einkaufscenter. Lawan trug immer noch ihren weißen Abendanzug mit einigen Blutspritzern des Khans verziert. Sie erstanden zwei Jeans sowie mehrere T- und Sweatshirts. Außerdem kaufte Lawan noch ein Paar Sneaker. Den schmutzigen Anzug entsorgte sie in einer Mülltonne. Wie ein altes Ehepaar schlenderten sie Arm in Arm durch die Einkaufsmole. Plötzlich kniff Lawan Peter in die Seite.

„Wir werden verfolgt, Peter.“

„Wer ist es?"

„Ein kleiner Junge verfolgt uns schon eine ganze Weile."

„Ok, spielen wir das Trennungsspiel mit ihm. Ich gehe zur Toilette, während du ihn dir von hinten schnappst. Der Kleine wird versuchen, meine Toilettentüre im Blick zu behalten."

Lawan schnappte sich den Kleinen gleich am Hemdkragen, der völlig verdattert dastand. Peter trat nun auch dazu.

„Warum verfolgst du uns, junger Mann?"

„Ein Mann hat mir ein Handy und fünfzig amerikanische Dollar gegeben, damit ich euch beobachte. Er sagt, wenn ich sehe, wie ihr das Land verlasst, soll ich ihm ein Foto senden. Das Handy darf ich ebenfalls behalten."

Die Unterhaltung gestaltete sich etwas schwierig, weil der Junge nur ganz wenig Englisch sprach.

„Wohin ist der Mann gegangen?"

„Weiß ich nicht. Ich glaube, in ein Hotel."

„Ok, du kommst jetzt mit uns und fotografierst, wie wir ein Kreuzfahrtschiff besteigen. Dann machst du ein Foto und schickst es dem Mann. Dafür bekommst du von mir 100 Dollar."

Dem Jungen gingen beinahe die Augen über, als er hörte, dass er heute insgesamt 150 Dollar verdient hatte, ohne groß dafür arbeiten zu müssen. Der Kleine schien zuverlässig. Für die Kamera liefen

Lawan und Peter auf ein gewaltiges Kreuzfahrtschiff zu, um zu dokumentieren, dass sie auf diesem Wege das Land verlassen wollten. Als der Junge das Foto verschickt hatte, drückte Peter ihm $ 100,-- in die Hand. Gleichzeitig legte er seinen rechten Zeigefinger hochkant gegen seine Lippe als Zeichen dafür, dass er jetzt schweigen musste. Der Kleine nickte, drehte sich um und verschwand blitzschnell im Menschengewirr des Einkaufszentrums.

Lange würde ihre Tarnung sicher nicht halten. Deshalb plante Peter jetzt einige Maßnahmen, um ihre Spur zu verwischen. Zuerst ließen sie sich von einem Taxi zum Colombo Hilton Hotel chauffieren. Dort checkten sie für eine Nacht ein. Peter zahlte sofort die Übernachtung. Mit dem Lift fuhren sie hoch ins Zimmer. Sie benutzten die Toilette und verließen das Hotel wieder durch die Tiefgarage. Mit dem Bus fuhren sie hinaus aus der Innenstadt. Sie bewegten sich kreuz und quer durch die Stadt, bis sie die Railway nach Katunayake wählten. Der Außenbezirk lag nahe dem Flughafen Bandaranaike. Dort quartierten sie sich in einem kleinen, sehr sauberen Bed and Breakfast Haus ein. Gleich neben dem Gästehaus war ein gutes indisches Restaurant beheimatet. Dorthin gingen sie am Abend gepflegt essen, bevor sie beide todmüde in ihr Bett fielen.

Peters Handy riss sie aus ihren tiefsten Träumen. Lawan war in der Nacht ganz eng zu ihm herüber gekrabbelt und so mussten sie sich erst einmal aus dem Gewirr von Händen und Beinen entknoten, bis Peter sein Handy auf stumm schalten konnte. Nach dem Duschen packten sie ihre Reisetaschen und frühstückten. Der Hostalinhaber ließ es sich nicht nehmen, Lawan und Peter selbst zum Flughafen zu chauffieren, was ihnen sehr entgegenkam. Am Britisch Airways Counter erhielten sie ihre Bordkarten. Peter meldete hier auch das Mitführen von zwei Waffen an, das dem Piloten umgehend gemeldet wurde. Erst als die Boing 747 abhob, legte sich ihre Nervosität. Lawan schlief sehr schnell in ihrem bequemen Businessclass-Sessel ein. Peter dagegen las noch ein wenig in einem Magazin. Am Abend erreichten sie Doha für die Zwischenlandung. Der Kapitän ließ die Tanks auffüllen und einen kurzen Check durchführen. Zwei Stunden später ging es weiter nach London Heathrow. Peter wäre Stansted lieber gewesen, da sich dort die Homebase des MI6 befand. Doch für diesen Flug war die Destination Stansted nicht vorgesehen. Peter nahm vom Piloten seine Tüte mit den Waffen entgegen, bevor sie die Maschine verließen. Noch während sie den Flugsteig von der Boing bis zum Flughafengebäude entlang schlenderten, bestellte Peter einen Wagen aus der Fahrbereitschaft. Sie mussten keine fünf Minuten warten, bis die Limousine aus dem Pool des MI6 vor dem Flughafenportal vorfuhr. Miranda hatte Dienst, die Peter grinsend anschaute, als sie Lawan erblickte.

Peter gab Miranda die Anweisung, sie zu seinem Appartement an die Themse zu bringen. Noch während der einstündigen Fahrt vom Flughafen nach Hause meldete er sich bei seinem Chef.

„Hallo, Peter. Scheint ja alles so weit gut gegangen zu sein. Gut gemacht."

Simon Sharp verzichtete auf besondere Glückwünsche, da der Erfolg des Auftrages mit der Tötung eines Menschen einhergegangen war.

„Ich mache bis Montag blau, Chief. Sind Sie damit einverstanden?"

„Ja, Peter, ruhen Sie sich einfach etwas aus. Obwohl Sie ja eigentlich lange genug auf Staatskosten mit der Yacht herumgeschippert sind."

Simon Sharp lachte laut auf. Auch Peter musste lachen.

„Ok, mache ich, danke, Sir, meinen Bericht sende ich Ihnen wie gewohnt per Mail."

„Alles klar. Dann bis Montag."

Lawan strahlte, als sie hörte, dass sich Peter beinahe eine Woche frei genommen hatte. Sie ging fest davon aus, dass Peter sie ein wenig in London einführte. Lawan staunte nicht schlecht, als sie

Peters Wohnung in Augenschein nahm. Da er dies schon von den meisten Menschen kannte und gerade von Frauen, die ihn besuchten, sagte er seinen Spruch zur Wohnung auf. Eigentlich zog es Peter ins Helenas. Doch der Jetlag und die Müdigkeit führten ihn zu seinem Froster, aus dem er zwei Fertigpizzas nahm, die er in seinen Herd schob. Sie setzten sich auf die Terrasse und schauten auf die englische Hauptstadt, die niemals zu schlafen schien, herab. Das Panorama war einfach einzigartig, als allmählich die Lämpchen der Stadt zu leuchten begannen. Die Pizza aus deutscher Herstellung war nicht schlecht, jedoch nicht vergleichbar mit einer gerade frisch gebackenen vom Italiener nebenan. Peter hatte zur Feier des Tages eine Flasche besten italienischen Rosewein geöffnet, der gut gekühlt hervorragend dazu schmeckte. Als Peter Espresso kredenzte, summte sein Handy. Er schaute aufs Display und wusste sofort, wer ihn da zu sprechen wünschte.

„Peter McCord hier, hallo, Sir, wo brennt es?"
„Hallo, Peter, es brennt sogar lichterloh."
„Ups, ich wollte einen Scherz machen. Was ist los?"
„Der Bruder des Khan lässt nach Ihnen sowie Lawan Ling suchen. Vor etwa einer Stunde sind vier Männer der vietnamesischen Triaden, denen der Bruder des Khans vorsitzt, in Heathrow gelandet. Nach unseren

Recherchen handelt es sich um erfahrene Profikiller. Ich erachte es für besser, wenn sie sich, bis wir die Typen gefasst haben, nach Schottland auf McCord Castle absetzen. Dort sind Sie besser aufgehoben. Soll ich Leute zu Ihrer Sicherheit abstellen?"

„Nein, Sir, wir werden das Castle zur Festung umfunktionieren."

„Sehr gut, Peter. Auf dem Dach des Hilton Plaza, zwei Straßen weiter hinter Ihrem Haus ist ein Hubschrauberlandeplatz. Dort landet in einer Stunde mein Helikopter, der Sie sofort nonstop nach Hause fliegt."

„Also, wenn Sie schon alles in die Wege geleitet haben, Sir, dann brennt es in der Tat."

„Nein, Peter, es ist noch schlimmer, die vier Männer sind mehr als gefährlich und sie schrecken auch nicht vor einem Massenmord zurück, wenn sie damit ihr Ziel erreichen. Sie sind in höchster Gefahr."

„Ok, Sir, darf ich Sie ins Castle einladen?"

„Gerne sprechen wir drüber, aber jetzt schauen Sie erst einmal, dass Sie unversehrt dorthin gelangen."
„Alles klar, bis später."

Lawan, die das Gespräch mitverfolgt hatte, war kreidebleich geworden.

„Ich habe große Angst, Peter. Die Männer von Khans Bruder sind skrupellos und gefährlich. Sie schießen sofort, wenn sie einen Auftrag ausführen sollen. Menschenleben interessieren nicht."

„Mach dir keine Sorgen, Lawan, in McCords Castle sind wir sicher. Ich muss jetzt meinen Vater anrufen."
„Ok, ich räume ab und packe meine paar Sachen zusammen."

33

„Peter, das ist aber schön, dass du dich meldest. Wo bist du gerade?"
„Hallo, Dad, wir sind in London, aber sozusagen auf dem Weg nach McCords Castle."
„Oh, oh, du bist auf der Flucht. Wen bringst du mit?"
„Eine gute Freundin, der ich Schutz versprochen habe. Sie ist die Tochter einer Kollegin des thailändischen Geheimdienstes, die ermordet wurde."
„Mehr möchte ich gar nicht mehr wissen. Ihr kommt mit dem Helikopter?"
„Ja, Dad, ich denke so gegen Mitternacht."
„Ok, ich sage Angus Bescheid. Er wird die Sicherheit hier verstärken. Guten Flug. Bis später."
„Dein Vater weiß stets Bescheid, wenn du so plötzlich nach Hause möchtest."
„Ja, manchmal hasse ich meinen Job, Lawan."
„Erzähl mir ein wenig über deine Familie."
„Später, wenn wir im Heli sitzen. Hier ist eine schusssichere Weste für dich. Ich pack noch ein paar

Sachen zusammen und dann müssen wir auch schon los. Uns bleiben kaum noch dreißig Minuten."

Mit dem Lift fuhren sie in die Tiefgarage. Von hier aus waren es höchstens zwei Kilometer bis zum Hilton Plaza, zwei Kilometer, die verdammt lang werden konnten, wenn man sich dauernd umsehen musste, ob man verfolgt wird. In gehobener Geschwindigkeit, einem olympischen Geher ähnlich, liefen sie zum Haupteingang des 5 Sterne Hotels. Sie konnten das ausladende Portal bereits sehen, als ein schwarzer Minivan auf sie zu raste, und direkt neben ihnen anhielt.

Peter stieß Lawan sofort beiseite, damit sie nicht zusammen ein leichtes Ziel für ein Kidnapping boten. Er zog bereits seine Waffe aus dem Holster, als sich die Schiebetüre mit Schwung öffnete. Peter ging in Combat Stellung, um sofort reagieren zu können, falls jemand versuchte, ihn oder Lawan zu greifen. Ein kleiner Junge sprang Peter entgegen, der sich sofort erbrach. Reaktionsschnell steckte Peter die Waffe zurück in sein Bundholster. Peter hatte Glück, dass sich der Mageninhalt des Jungen nicht über ihn ergossen hatte. Lawan musste laut lachen. Sicher weil sich bei ihr die Anspannung löste. Peter griff nach ihrer Hand und zog sie hinter sich her. Nach wenigen Schritten erreichten sie die Lobby des Hotels. Peter nickte kurz dem Chefportier zu, der sofort die Türe des Aufzuges Nummer vier öffnete. Minuten später standen sie auf dem Dach. Eine leichte Brise sorgte für ein wenig Abkühlung. Aus der Ferne war das Flappen von Rotorblättern eines Hubschraubers zu hören, der sich im Landeanflug befand. Lawan entspannte sich. Peter war irgendwie erstaunt, dass diese taffe Personenschützerin Nerven zeigte. Von der Seite glich sie sehr ihrer Mutter wie ein Zwilling. Dann tauchten die Landescheinwerfer des Helis über ihnen auf. Schnell sprangen sie hinter den Windfang, um nicht vom Dach gewirbelt zu werden.

Peter begrüßte den Piloten. Dies war sicher keine Freundschaftsgeste. Er wollte schauen, ob der Pilot sauber war und sie im richtigen Flieger saßen. Schon hob der Helikopter wieder ab. Eine halbe Stunde später schlief Lawan ein. Um sich auszuschlafen, blieben ihr jetzt gute drei Stunden Zeit, bevor der Heli auf der großen Wiese von McCords Manor aufsetzte. Angus, der fast zwei Meter große Hüne und Peters bester Freund, dem die Leitung des Anwesens mit allen Ländereien oblag, drückte seinen Freund fest an sich.

„Du warst lange nicht hier, Peter, und eine schöne Frau hast du uns auch mitgebracht. Ich bin Angus. Wenn Peter dich nervt, Lawan, kannst du gern zu uns

kommen. Da ist immer Stimmung. Wir haben einen ganzen Stall voll Kinder zu bieten."

Die Freude über Peters Ankunft war riesig. Auch seine Eltern waren wach geblieben, um die beiden Flüchtigen zu begrüßen. Sie schienen auch Lawan gleich in ihre Herzen geschlossen zu haben. Lawan deutete bei der Begrüßung seiner Mutter sogar einen Hofknicks an.

„Aber nicht doch, mein Kind. Wir legen hier nicht besonders viel Wert auf die royale Etikette. Fühl dich bei uns bitte wie zu Hause. Peter hat uns schon viel von deiner Mutter erzählt. Wir bedauern sehr ihren gewaltsamen Tod."

Es wurden ein paar Gläschen Whisky vom besten geschlürft, bis alle die nötige Bettschwere besaßen. Weit nach Mitternacht zogen sich alle in ihre Betten zurück.

Peter fand in keinen ruhigen Schlaf, während Lawan wie ein Baby schlummerte. Gegen acht Uhr stand er auf. Er duschte und lief sofort runter in den Hof des gewaltigen Herrenhauses, wo er den Mann fand, der hier den Dreh- und Angelpunkt darstellte.

„Morgen, Angus, altes Haus. Wie geht es dir?"

„Gut, Peter, wir haben viel Arbeit. Die Anzahl unserer Zuchtpferde hat sich ordentlich vergrößert. Was auch auf unsere riesigen Rinderherden zutrifft.

Mittlerweile bauen wir den fünften Stall zum Unterstellen von Gästepferden. Dein Dad hat eine sehr gut aussehende, junge Tierärztin für die Pferde und Rinder eingestellt. Deine Mutter vergrößerte den Hofladen um die doppelte Fläche und beschäftig mittlerweile zehn Mädels aus dem Ort, die den Verkauf und den Versand der Produkte ins Ausland durchführen. Wir könnten dich hier sehr gut brauchen."

„Ich weiß, Angus."

„Wer ist jetzt hinter euch her, Peter? Ist das wirklich ein erstrebenswertes Leben? Drei nette Mädels, die du uns vorgestellt hast, sind von irgendwelchen Killern umgebracht worden. Dein Körper sieht aus wie ein Sieb, durchlöchert von Kugeln und Messerangriffen. Die Kleine, die du jetzt mitgebracht hast, hat ihre Mutter auch schon durch diesen wahnsinnigen Job verloren. Für das, was dir Vater Staat zahlt, brauchtest du hier höchstens 10 Tage zu arbeiten. Also schmeiß doch die Scheiße hin und komm zu uns. Unseren Whisky verdealen wir mittlerweile in die ganze Welt. Gib dir einen Ruck, Peter und heuer im Castle an."

„Guten Morgen, die Herren. Oh, wie ich sehe, lerne ich jetzt auch Lord Peter McCord kennen. Mary Brighton ist mein Name. Ich sorge hier für die

Vierbeiner, auch wenn ich häufig schon mal nach dem lieben Federvieh schaue."

„Hallo, Mary, bitte lass den ganzen royalen Kram weg. Ich heiße Peter. Schön dich kennenzulernen."

Still und leise verzog sich Angus zu den Tieren und ließ seinen Freund die Tierärztin beschnüffeln.

„Ja, mach ich gern."

„Morgen zusammen, mein Name ist Lawan."

„Darf ich vorstellen, Lawan Ling, ich habe seiner Zeit mit ihrer verstorbenen Mutter zusammen-gearbeitet. Das ist Mary, unsere Tierärztin."

„Angenehm. Du, Peter, ich habe richtig Hunger."

„Ich habe auch noch nichts gegessen. Dann lass uns in die Küche gehen."

In der Küche wurden sie sehr herzlich von Henriette empfangen, die in McCords Manor das Zepter für alles Kulinarische schwang. Für Peter war sie immer eine Art Omaersatz.

„Hallo, Peter, schön, dass du dich auch mal wiedersehen lässt. Hast aber ein hübsches Mädel mitgebracht."

„Hallo, Henriette, schön dich wiederzusehen. Du schwingst hier ja immer noch die Kochlöffel. Keine Lust auf Ruhestand?"

„Was soll ich im Ruhestand anstellen? Ich liebe dieses Herrenhaus, meine Küche und deine Eltern. Nein, ich bleibe, bis ihr mich mit den Füßen zuerst hier heraustragt. *Jetzt genug erzählt. Ihr habt bestimmt Hunger. Rührei mit Speck, frisches Bauernbrot, Marmelade, selbst gemachte Butter und aromatischen Kaffee von Hand aufgebrüht?"*

„Ja, alles."

„Das war mir doch klar, du Vielfraß. Lawan möchtest du das Gleiche?"

Die junge Thailänderin nickte noch etwas schüchtern.

„Dann lege ich mal los. Hände waschen und ordentlich an den Tisch gesetzt."

Wenig später schlemmten Lawan und Peter die dargebotenen Frühstücksköstlichkeiten.

34

Während Henriette Brighton mit drei Praktikantinnen das Mittagessen vorbereitete, schlürften Lawan und Peter ihren zweiten Becher Kaffee. Gerade als Peter Vorschläge für den Tag aufzählte, summte sein Handy. Die Nummer des Anrufers war ihm hinlänglich bekannt.

„Hallo, Mister Sharp. Sie rufen ganz sicher nicht an, um sich zu erkundigen, wie uns das Frühstück geschmeckt hat."

„Da haben Sie leider recht. Morgen, Peter. Der Bruder des Khans, er heißt übrigens mit bürgerlichem Namen Kim Non Sung, hat Sie und Miss Ling auf seine

Todesliste gesetzt. Jeder Kofferträger, jeder Postbote, der für die Triaden in Vietnam arbeitet, darf Sie jetzt töten. Es wartet ein hohes Kopfgeld, wenn der Nachweis Ihres Ablebens erbracht werden kann."

„Entzückend, das heißt, wir bleiben besser erst einmal auf McCords Castle."

„So sehe ich das auch. Ich werde am Wochenende zu Ihnen stoßen, um gemeinsam mit Ihnen ein Konzept zu entwickeln, wie wir Sie und Miss Ling schützen können."

„Das wird meinen Dad freuen, Sir. Mit wie vielen Leibwächtern reisen Sie an? Ich frage wegen der Zimmerbelegung."

„Ich komme allein mit dem Hubschrauber und reise inkognito."

„Ok, dann lasse ich eine Suite für Sie herrichten."

„Das ist schön, Peter, danke sehr. Doch leider reißen die schlechten Nachrichten nicht ab. Die vier Profikiller haben sich einen großen Bell Hubschrauber gemietet und sind von London aus mit Ziel Edinburgh losgeflogen. Dort sind sie nie angekommen. Die stark entstellte Leiche des Piloten fand die schottische Polizei auf der Landebahn eines grenznahen, verlassenen Fliegerhorstes. Wahrscheinlich haben sie den Mann während des Fluges aus der Bell geworfen."

„Was heißt, dass einer von ihnen einen Hubschrauber bewegen kann."

„Auch die Bell wurde zwischenzeitlich etwa 70 Meilen von McCords Castle entfernt gefunden. Der Maschine war offensichtlich der Sprit ausgegangen. Der Pilot hat sie auf einer Wiese unversehrt gelandet. Die vier Männer sind, wie nicht anders zu erwarten, flüchtig."

„Was aber heißt, dass sie sich hier ganz in der Nähe herumtreiben."

„Ja, Peter und genau das ist das Problem. Wir wissen nicht, was sie wirklich vorhaben. Sollen Sie und Miss Ling entführt werden oder will man Sie nur ausschalten."

„Nun, Chief, finden wir es heraus."

„Seien Sie vorsichtig, Peter. Die Männer sind extrem gefährlich."

„Wir tun unser Bestes, Sir."

„Ok, ich melde mich, sobald ich Neuigkeiten habe."
Schon war der Chef des MI6 aus der Leitung verschwunden.

„Du siehst nachdenklich aus, Peter. Was ist los?"
Peter erzählte Lawan, was er gerade von seinem Chef erfahren hatte.

„Wir sollten uns eine andere Bleibe suchen. Wir gefährden alle Menschen allein durch unsere Anwesenheit. Vier top ausgebildete Killer können eine Menge Schaden anrichten. Ich möchte nicht schuld sein, wenn wegen mir hier liebe Menschen sterben müssen. Was denkst du?"

„Natürlich hast du recht, Lawan, aber wir können doch nicht vor den Männern weglaufen."

„Tun wir ja auch nicht. Wir sollten nur die Menschen hier vor den Gefahren schützen."

„Ok, besprechen wir uns mit Angus und meinem Vater."

Das Fazit aus dem Acht-Augen-Gespräch brachte keine besonderen Ergebnisse. Peters Vater wie auch Angus waren zwar der Meinung, das Castle gegen die Verbrecher abschirmen zu können, obwohl nie auszuschließen war, dass durch menschliches Versagen Fehler auftraten. Sie verstanden aber auch die Sorge von Lawan.

„Für eure Zwecke bietet sich unsere Jagdhütte mit dem Schießstand an. Die Anlage ist stark gesichert, leicht durch die Kameras zu überwachen und mit einbruchshemmenden Türen und Fenstern ausgestattet."

„Stimmt, Dad, die Anlage scheint für unsere Zwecke Ideal."

„Dann bereite bitte alles für den Umzug vor, Angus."

„Mach ich, in zwei Stunden könnt ihr losdüsen. Ihr könnt einen der älteren Land Rover mitnehmen. Packt schon mal eure Sachen zusammen. Wollt ihr zwei Kangals mitnehmen?"

„Hast du Angst vor Hunden, Lawan?"

„Nein, eigentlich nicht."

„Na, du kennst Freddy und Daphne nicht. Unsinn, die beiden sind zwei verschmuste Riesen. Nur Fremde, die euch an den Kragen wollen, sollten sich vorsehen. Kangals sind Hirtenhunde, die ihre Schutzbefohlenen bis auf Blut verteidigen. Sie legen sich auch mit Bären und Wölfen an, wenn es sein muss."

„Wir nehmen die beiden mit."

„Sie fahren auch für ihr Leben gern Auto. Ach, und hütet euch davor, falls ihr grillen wollt, euer Fleisch auf den Tisch zu legen. Unser Traumpaar ist reichlich verfressen und findig, wenn es darum geht, sich ein paar Leckerchen extra zu beschaffen.

Lawan schloss die 85 und 77 kg schweren Hundekolosse sofort in ihr Herz, als Angus die beiden vorstellte. Lawan als Asiatin mit eher geringer Körpergröße ausgestattet, konnte Freddy fast parallel in die Augen schauen. Mit reichlich Verpflegung für Mensch und Tier versorgt fuhren Lawan und Peter nach dem Mittagessen zur Jagdhütte in die Highlands. Die beiden Reisegäste lagen hinter dem Hundegitter und schliefen. Nach dreistündiger Fahrt erreichten sie ihr Ziel. Lawan war vom Panorama und der Aussicht begeistert. Die Sonne strahlte aus einem stahlblauen, wolkenlosen Nachmittagshimmel. Peter riss sofort die Hecktüre des SUV auf, damit sich auch die Vierbeiner ausgiebig bewegen und sofort ihr Revierkennzeichnen konnten. Nachdem Peter den Sicherheitscode in die digitale Schlosseinheit eingegeben hatte, öffnete sich eine andere Welt. Rustikal und gemütlich eingerichtet, ausgelegt für Festivitäten und Feiern, jedoch auch für eine intime Zweisamkeit war gesorgt. Peter fegte gleich zu Beginn die beiden Schoßhündchen von den ledernen Sofas, die es sich dort gemütlich machten. Eher unwirsch zogen sie sich auf ihre Decken zurück. Lawan servierte den beiden Kangals große Wassertöpfe. Die Hundenäpfe hatten eher die Dimension von großen Suppenschalen.

Peter setzte Kaffee auf, während Lawan den mitgebrachten Gugelhupf aufschnitt. Wie ein altes Ehepaar kuschelten sich die beiden auf die Sofalandschaft und verzehrten ihren Kuchen. Plötzlich riss Freddy seinen gewaltigen Kopf hoch, was er nur tat, wenn er etwas gehört hatte. Peter stellte sofort das Kauen ein und lauschte ebenfalls. Doch er hörte nichts. Behänd erhob sich der Rüde. Er lief zum Fenster und schaute nach oben. Peter sprang auf und schaute ebenfalls durch das große Panoramafenster in den Nachmittagshimmel.
„Da fliegt eine Drohne.“

Lawan, gefolgt von den beiden Hunden, stürzte sofort nach draußen. Immer wieder flog die Drohne vorüber. Freddy bellte, was sich in seinem Fall wie das Brüllen eines Löwen anhörte. Lawan zog ihren Fünfundvierziger Colt unter ihrem Sweatshirt hervor und zielte. Mit dem dritten Schuss holte sie die Drohne vom Himmel, die mit einem surrenden Geräusch zur Erde stürzte.

Freddy wollte sie schon apportieren, doch Peter hielt ihn zurück. Häufig besaßen Spionagedrohnen einen Selbstzerstörungsmechanismus. Vorsichtig näherte er sich dem Flugobjekt. Wie es schien, hatte der Pistolentreffer die Selbstzerstörungseinrichtung so beschädigt, dass sie nicht mehr auslösen konnten. Die brennbare Flüssigkeit in der Rahmen-konstruktion war unverrichteter Dinge ausgelaufen. Die Zündvorrichtung klickte noch mehrfach. Doch sie konnte die Drohne nicht mehr entzünden. Peter erkannte zwei hochauflösende Kameras, die allerdings keine Fotos senden, sondern diese nur auf ihren Chips speichern konnten.

„Ein guter Schuss."
„Na ja, ich musste drei Mal schießen, um zu treffen."
„Auf jeden Fall haben wir jetzt die Erkenntnis gewonnen, dass unsere Verfolger wissen, wo wir sind."

„Wenn es denn unsere Verfolger sind, die diese Drohne in den Himmel geschickt haben."

„Meinst du, es könnte auch jemand anderes gewesen sein?"

„Mich macht ein wenig stutzig, dass die Technik der Drohne so veraltet ist. Eine Drohne, die in Echtzeit Fotos sendet, ist doch heute eher Standard."

„Stimmt, was denkst du?"

„Vielleicht spielen Kinder mit dem Teil, um Nachbarn zu erschrecken."

„Wir müssen es auf uns zukommen lassen. Eine andere Möglichkeit haben wir nicht."

„Sag mal, Peter, dein Dad sprach davon, dass die Hütte einen Schießstand besitzt. Wollen wir ein wenig trainieren?"

„Ja klar, super Idee. Was möchtest du denn schießen?"

„Na, mit meinem Colt."

„Der Munitions- und Waffenbunker hält noch eine Menge anderer Überraschungen für uns bereit."

„Wieso? Dann lass uns mal schauen."

„Mein Dad ist passionierter Waffensammler. Du wirst hier Teile finden, die du noch nie zu Gesicht bekommen hast."

„Du hast mich neugierig gemacht."

„Dann komm mit."

35

Peter führte Lawan die Treppe zum Bunker hinunter und weil Neugier nicht nur eine menschliche Eigenart war, tapsten die beiden Kangals ebenfalls wissbegierig hinterher. Lawan bekam glänzende Augen, als Peter die verschiedenen digitalen Schlösser der ein Meter dicken Panzertüre mit Iris-Scan und Fingerabdruck öffnete. Daddy McCord schien ein Pedant zu sein. Er trennte die Faustfeuerwaffen nach Revolver und Pistole, die Langwaffen nach automatischen Waffen und Jagdgewehren. Hier gab es nichts, was es nicht gab.

„Darf ich mal die Desert Eagle 50 probieren?"

„Willst du gleich mit dem ganz schweren Kaliber beginnen?"

„Ja, ich habe mit der Waffe einmal während meines Praktikums beim Mossad geschossen. Da ist wirklich ordentlich was hinter."

„Ja, stimmt, also ok. Lass uns zum Stand gehen."

Lawan hatte noch nie einen so hochmodernen Schießstand gesehen. Peter schaltete die Beleuchtung, die Absaug- sowie Hochfrequenz-anlage ein, die erlaubte ohne Gehörschutz schießen zu können. Lawan war begeistert von der Anlage und selbst der gewaltige Rückschlag der Desert Eagle schien ihr nichts auszumachen. Peter hatte sich für eine 45er Taurus Pistole aus brasilianischer Fertigung entschieden. Eine gute Stunde tobten sie sich auf dem Stand aus. Bevor sie jedoch die Waffen reinigten und alle Türen wieder sicher verschlossen, zauberte Peter noch ein wirkliches Highlight der Handfeuerwaffentechnik aus dem Hut.

„Hier, teste einmal diesen Revolver. Aber Vorsicht, es gibt nichts Gewaltigeres auf dem Markt."

„Sieht martialisch aus. Die Patronen sind ja riesig. Wie heißt die Waffe?"

„Das ist ein Ruger New Model Super Blackhawk Bisley Kaliber 454 Casull. Mit dieser Waffe schießt du glatt Stücke aus der Panzerung eines Kettenfahrzeuges heraus."

Lawan schaute Peter eher ungläubig an. Sie lud die Waffe mit fünf Patronen. Obwohl sie eine gut ausgebildete Schützin und auch körperlich den Gewalten der Waffe gewachsen war, warf sie der Rückschlag beim ersten Schuss beinahe um. Doch die nächsten vier Treffer lagen alle sehr gut in der Mitte der Scheibe.

„Und? Habe ich dir zu viel versprochen?"

„Nein, wirklich nicht. Danke für die Warnung. Da steckt in der Tat ordentlich Power hinter."

Draußen hatte bereits die Dämmerung eingesetzt und es regnete heftig. In den Highlands wechselte das Wetter blitzschnell. So mancher unerfahrene

Wanderer konnte ein Liedchen davon singen. Blitze zuckten und schlugen in die Bergmassive ein, während der Regen gegen die großen Panzerscheiben prasselte. Peter legte sich auf die Polsterlandschaft und schaute auf das Inferno, dass draußen tobte. So bemerkte er anfangs gar nicht, dass ihn zwei Paar hungrige Hundeaugen und ein Paar Lawanaugen flehend anschauten. Als er sah, wie traurig ihn alle ansahen, musste er heftig lachen. *„Ok, meine verfressene Bande, Herrchen bereitet das Abendessen."*

Da sie mittags warm gegessen hatten, servierte Peter seinem zweibeinigen Gast frisch gebackenes Brot aus der Küche des Castle, dazu Kräuterquark, gesalzene Butter, frische Tomaten und hart gekochte Eier. Für die Vierbeiner hatte die Küche gekochtes Rinderherz in ausreichender Menge mitgeschickt, was bei Daphne und Freddy großen Anklang fand. Nach diesem vier Sterne Menü zogen sich die beiden Hunde auf ihre großen Schlafdecken zurück. Doch auch wenn der Eindruck entstand, die beiden Riesen würden jetzt tief und fest schlafen, wusste Peter nur allzu gut, dass dem nicht so war. Kangals waren absolute Hütehunde. Ihre Schutzbefohlenen ließen sie niemals ganz aus den Augen.

„Was hältst du von ein wenig schwimmen und anschließend Sauna?"

„Eine super Idee. Hast du die Alarmanlage eingeschaltet?"

„Ja, aber die brauchen wir eigentlich nicht. Was glaubst du, was passiert, wenn hier jemand versucht einzubrechen? Freddy und vor allem Daphne sind unerbittlich, wenn es um unseren Schutz geht."

„Sie sehen so süß und knuffelig aus."

„Sind sie aber nicht. Lass dich da nicht täuschen. Ich habe gesehen, wie ein Kangal einen Bären angegangen ist, der versucht hatte, ein Schaf zu schlagen. Wir hatten große Mühe, die beiden zu trennen. Der Bär war hinterher schwer vom Kampf gezeichnet."

„Na gut, wenn du es sagst."

Gegen zweiundzwanzig Uhr dreißig schlichen sie nur in dicke Handtücher gewickelt in die Bar. Peter servierte kühles Wasser gegen den Durst und für jeden ein kleines Gläschen vom 20 Jahre alten Whisky aus der hauseigenen Destille. Nach dieser alkoholischen Köstlichkeit suchten sie das Schlafzimmer auf. Lawan machte nicht annähernd Anstalten ins Gästezimmer zu gehen. Sie kuschelte sich gleich ganz nah an Peter heran. Der als Gute-Nacht-Kuss gedachte Schmatzer entwickelte sich rasch zu einem erotischen Erlebnis. Schon sehr bald spürte Peter ihre kleine Hand an genau der Stelle, wo er es besonders mochte. Nach dem Kuss verschwand Lawans Kopf unter der Decke. Aus der sanften Handmassage entwickelte sich eine orale Liebkosung. Mit einmal warf sie unbändig die Decke fort. Wie ein Cowgirl bestieg sie Peter, der ihr seinen Knauf entgegenstreckte. Lawan griff gleich zu und ließ Peter in sie eindringen. Der heiße Ritt war nur der Beginn in eine erotische Liebesnacht. Fast eine Stunde lang probierten sie aus, was ihnen große Freude bereitete, bis sie es gemeinsam fanden. Nach der entspannenden Befriedigung sanken sie glücklich in die Federn, bevor sie tief und fest einschliefen.

Kurz nach drei in der Nacht wurde Peter von Geräuschen geweckt, die er so nicht einzuordnen verstand. Das Knurren, dass er so nur aus der Serengeti kannte, wenn dort nachts die Löwen jagten, stammte eindeutig von den Hunden. Sanft befreite er sich aus den Armen von Lawan. Dem Nachttisch entnahm er seine Neunmillimeter. Im Vorbeigehen griff er sich einen Bademantel. Als er den Wohnbereich betrat, sah er als Erstes die beiden aufgebrachten Kangals, die wie zwei Großkatzen im Zoo an ihren Gittern entlang hin und her patrouillierten. Peter ließ das Licht gelöscht. So gewöhnten sich seine Augen sehr schnell an die Dunkelheit. Was ihn wunderte war, dass die mit

Bewegungsmeldern gesteuerten Strahler im Außenbereich nicht ansprangen. Plötzlich erkannte Peter eine Gestalt, kleiner als ein Erwachsener. War da etwa ein Kind im Garten, dass nach dem Drohnenwrack suchte? Erst jetzt bemerkte er, dass er selbst den Schalter für die Strahler nicht umgelegt hatte. Peter schob die Terrassentüre auf. Sofort zwängten sich Daphne und Freddy durch den Türspalt. Parallel schaltete er das Licht ein. Mit einmal war der Garten taghell erleuchtet. Daphne und Freddy hatten zwei eher kleinwüchsige, menschliche Wesen gestellt, die sich nicht mehr zu rühren wagten. Auch Lawan war aufgewacht. Mit ihrer 45er im Anschlag stand sie im Türrahmen. Peter ging zu den Hunden. Die beiden Gestalten waren Kinder im Alter von etwa 10 Jahren. Zuerst sorgte er dafür, dass die Kangals leicht missgestimmt zurück ins Haus marschierten, bevor er die Kinder ansprach.

„Was macht ihr beiden hier draußen?"

„Wir schauen uns nur um."

„Mitten in der Nacht schaut ihr euch nur um und das in einem fremden Garten? Wissen eure Eltern davon?"

„Nein, bitte sagen denen nichts, dass Sie uns hier erwischt haben."

„OK, dann kommt erst einmal rein."

Lawan hatte ihre Pistole bereits weggesteckt. Auch Peter schob seine Neunmillimeter in die Tasche des Bademantels.

„Möchtet ihr etwas trinken?"

Die beiden Jungs nickten.

„Limo?"

Wieder nickten die beiden. Peter holte zwei Gläser und eine Flasche Limo. Die beiden Jungs blieben stillstehen, während sie argwöhnisch von Daphne beobachtet wurden.

„Dann erzählt uns mal was, ihr hier macht."

„Wir sind mit unseren Eltern im Staffort Club in Urlaub. Gestern haben wir vier Männern zuge-schaut, die mit einer alten Dohne gespielt haben. Dann ließen sie das Teil starten und weil keiner von den Männern mit der Steuerung vertraut war, ist die Drohne abgestürzt. Dann haben die Männer uns gefragt, ob wir das Teil wiederfinden und zurückholen können. Sie boten jedem von uns 100 Pfund. Da haben wir zugesagt."

„Und weiter?"

„Aus dem Teil lief eine Flüssigkeit aus, die nach Benzin stinkt. Das wurde uns zu gefährlich. Wir wollten warten, bis alles herausgelaufen war. Die Männer haben aber auch gesagt, dass sie nur die Chips aus den Kameras benötigen. Dann hätten wir die Drohne behalten dürfen."

Daphne erhob sich mit einmal. Die beiden Jungs zuckten gleich zusammen. Doch sie ging nur in der Küche Wasser trinken.

„Wir geben euch die 200 Pfund, wenn ihr uns gehen lasst."

„Ihr könnt gleich wieder abhauen. Wir wollen euer Geld nicht. Was sind das für Männer und wo haben die euch angesprochen?"

„Das sind Chinesen. Ich glaube, die wohnen bei uns im Hotel."

„Und wohin sollt ihr die Chips bringen?"

„Sie haben gesagt, sie werden sich bei uns melden."

„Ok, ihr beiden. Sagt den Männern, die Drohne wäre bei uns im Garten verbrannt. Die Chips seien völlig verkohlt. So, und jetzt macht, dass ihr zwei ins Bett kommt."

„Und Sie sagen wirklich nichts unseren Eltern?"

„Nein, ganz bestimmt nicht. Sagt uns aber Bescheid, wenn die Männer anfangen, euch zu bedrängen. Dann schnappen wir sie uns. Ok?"

Strahlend verließen die beiden Jungs das Anwesen von Peter. Sie waren froh, dass Daphne und Freddy ruhig auf ihren Decken lagen.

36

Nach diesem nächtlichen Intermezzo schliefen sie am nächsten Tag erst einmal aus. Es folgte ein ausgiebiges Frühstück. Im Anschluss unternahmen sie einen zweistündigen Spaziergang mit den Hunden. Obwohl sie bis unter die Zähne bewaffnet waren und unter ständiger Beobachtung ihrer felligen Begleitungen standen, fühlten sie sich eher unwohl. Doch es blieb ruhig und ohne Zwischenfall. Bewusst wanderten sie am Staffort Hotel vorbei. Peter fragte an der Rezeption nach, ob die vier Freunde aus Vietnam schon wieder abgereist seien. Weil auch Lawan asiatischer Herkunft war, erhielten sie die Auskunft, dass die vier Männer heute in der Früh mit unbekanntem Ziel abgereist seien. Mehr durch einen Zufall trafen sie auf die beiden Jungs, die auf dem Spielplatz des Hotels Fußball spielten. Peter fragte kurz nach und erfuhr, dass die Chinesen sie ausgequetscht hatten, wie es im Haus ausgesehen hat und ob sie die Chips gefunden hätten. Doch die Jungs versicherten hoch und heilig, den Männern gesagt zu haben, dass die Chips verschmort waren. Lawan legte sich beim Wandern in Peters Arm. Sie schien diese Auszeit mit ihm richtig zu genießen. Einen Job hatte sie ohnehin nicht zu erledigen.

Aus der Ferne konnten sie bereits ihr Refugium erkennen, als Peter in Bruchteilen von Sekunden eine Spiegelung bemerkte, die hier unter normalen Bedingungen nicht vorkommen konnte. Peter gingen sofort eine Menge Gedanken durch den Kopf.

Scherben konnten es nicht sein. Hierher verirrten sich normalerweise keine Touristen, die die Natur verschmutzten. Auch Alufolie suchte man in den Highlands glücklicherweise noch vergebens. Verdammt, schoss es ihm durch den Kopf. Natürlich, das ist die Zieleinrichtung auf einem Gewehr. Mit einem heftigen Stoß warf er Lawan in den grasbewachsenen Graben gegenüber und sich selbst in den Wassergraben. Sofort peitschten mehrere Schüsse über sie hinweg. Die beiden Kangals taten das, was man ihnen eingebläut hatte. Sie legten sich schützend zu Peter.

„Lawan? Alles ok bei dir?"

„He, Lawan, bist du verletzt?"

Peter rief die junge Thailänderin immer wieder an, doch sie antwortete nicht. Er konnte aber auch nicht einfach aufstehen und in den Graben springen. Er würde selbst einem ungeübten Schützen ein passables Ziel bieten. Darauf warteten seine Gegner ganz sicher nur. Weil er sich mit seiner Pistole gegen vier Gegner mit einem Spezialgewehr nicht durchsetzen konnte, rief er Simon Sharp an.

„Hallo, Peter. Das sind ja furchtbare Nachrichten! Bleiben Sie ruhig und ziehen Sie den Kopf ein. Ich schicke Ihnen sofort eine Sondereinheit, die Sie da raushaut."

„Ja, danke, Sir, werde ich machen."

Immer wieder rief er zu Lawan herüber, doch sie antwortete nicht. Als er an einem Zweig ein Taschentuch in die Höhe hob, erfolgte postwendend eine Reaktion in Form eines Schusses. Peter zog den Kopf noch tiefer und drückte auch die Köpfe der Hunde nach unten. Endlich vernahm er die Flapp-Geräusche von anfliegenden Hubschraubern. Wenig später entbrannte ein Feuergefecht. Die Hubschrauberpiloten schienen die vier Männer mit einer Wärmesuchkamera aufgespürt zu haben. Die Explosionen der Infanteriewaffen schallten hundertfach von den Felsen der Highlands zurück und verstärkten den Eindruck eines Infernos. Vorsichtig kletterte Peter aus dem Graben heraus. Die Männer der Sondereinheit schienen die Situation bereits unter Kontrolle zu haben. Zufrieden drehte Peter sich um. Doch wo waren jetzt die Hunde. Er hoffte inständig, dass sie sich nicht in die Bekämpfung der Vietnamesen eingemischt hatten. Peter verließ seine Deckung. Rasch überquerte er den kleinen Weg und schaute nach Lawan. Als er sie in einer völlig verdrehten Position so daliegen sah, neben sich Freddy und Daphne, die ihre Hände leckten, wurde ihm bewusst, dass etwas Schreckliches geschehen sein musste. Nachdem er in den Graben gestiegen war, wurden alle seine Befürchtungen Realität. Immer wieder schubsten Freddy und Daphne den leblosen Körper von Lawan hin und her. Doch sie würde niemals mehr ins Leben zurückfinden. Ein Geschoss hatte ihren Hinterkopf erwischt, der gänzlich fehlte. Lawan muss sofort tot gewesen sein. Peter setzte sich zu ihr. Die beiden Hunde ließen von ihr ab, da sie offensichtlich spürten, dass ihr Herrchen sehr traurig war und jetzt ihre Zuneigung benötigte. Dann brach Peter völlig in sich zusammen.

Gute vierundzwanzig Stunden später schlug er in einem der Gästezimmer des Castle die Augen auf. Noch nicht so wirklich zurück im Leben setzte er sich aufrecht. Sonnenstrahlen blinzelten durch die Ritzen der Jalousien und kitzelten in seinen Augen. Ein Blick auf die Standuhr in der Ecke sagte ihm, dass es kurz vor fünfzehn Uhr war. Leicht torkelnd verschwand Peter im Bad. Nach der Rasur duschte er und kleidete sich an. Ein leichtes Hungergefühl trieb ihn in den Wohnbereich seiner Eltern. Hier duftete es nach frisch gebackenem Kuchen und aromatischem Kaffee. An einem kleinen Vierertisch in einer der Nischen saßen Simon Sharp und Peters Vater bei Kaffee, Kuchen und feinstem, uraltem Whisky.

„Hallo, mein Junge, schön, dass du wieder bei uns bist. Wie fühlst du dich?"

„Hallo, Dad, hallo, Mister Sharp, es ist mir schon besser gegangen, aber es wird sicher bald wieder. Was ist eigentlich passiert?"

Peters Chef übernahm das Gespräch.

„Hallo, Peter, ihr habt sehr gute Arbeit geleistet. Das Sondereinsatzkommando hat die vier Vietnamesen festgenommen. Die Behörden in Hanoi sind uns unendlich dankbar und haben bereits den Antrag auf Auslieferung der Männer gestellt."

„Ist Lawan tot?"

„Ja, Peter, leider. Miss Ling wurde durch einen Kopftreffer getötet. Sie hatte keine Chance. Ich hätte sie liebend gern für den Dienst im MI6 gewonnen bei ihrer Ausbildung."

Peters Vater schaltete sich jetzt ein.

„Ich habe verfügt, dass Lawan Ling neben ihrer Mutter in Thailand beerdigt wird. Die Kosten für die Überführung des Leichnams und die Beisetzung übernehme ich. Sie war ein liebes Mädel. Deine Mutter ist untröstlich, dass alle netten Frauen, die du anschleppst, getötet werden, Peter."

„Danke, Vater. Ich mochte schon ihre Mutter sehr gut leiden. Wir haben so manchen Deal gemeinsam durchgezogen. Beide Frauen sind bedauerlicherweise durch ihren Job zu Tode gekommen."

„Nun, Peter, werden Sie denn weiter für den MI6 arbeiten wollen?"

„Ja, Sir, ich nehme eine kurze Auszeit und stehe Ihnen in zwei Wochen wieder zur Verfügung."

„Auch wenn mir diese Aussage als Vater sehr missfällt frage ich: Wollen wir gemeinsam einen guten Schluck zu uns nehmen?"

„Ja, gern, ein wirklich guter Vorschlag."
„Tja, Mister Sharp, the Show must go on.
„Dann sehen wir uns in zwei Wochen wieder in meinem Büro."
Peter nickte nur und erhob sich.

Er ließ die beiden Männer zurück und verließ den Wohntrakt. Nachdenklich schlenderte er über den weißen Kies im Hofbereich. In der Ferne erblickte er seinen Freund Angus, der alle Hände voll zu tun hatte, die zehn Kangals zu bändigen, die wieder raus zu den Herden sollten, um auf sie aufzupassen. Plötzlich drehten sich Freddy und Daphne herum und blickten zu Peter herüber. Jetzt waren sie nicht mehr zu halten. Die beiden Riesen stürmten auf Peter zu. Doch sie sprangen ihn keinesfalls an. Sie leckten seine Hände und schauten ihn eher traurig an. Wie es aussah, hatte ihnen der Aufenthalt in der Hütte mit Lawan gut gefallen. Die junge Thailänderin schien ihnen zu fehlen. Doch damit waren sie nicht allein.